Die vwi Taschenbuch-Serie enthält folgende Titel:

1	Erfolgreiche Makrofotografie	ISBN 3-88369-048-1
2	Erfolgreiche Sportfotografie	ISBN 3-88369-053-8
3	Erfolgreiche Tabletop-Fotografie	ISBN 3-88369-058-9
4	Erfolgreiche Reisefotografie	ISBN 3-88369-063-5
5	Erfolgreiche Kinderfotografie	ISBN 3-88369-068-6
6	Erfolgreiche Blitzfotografie	ISBN 3-88369-073-2
7	Erfolgreiche Mädchenfotografie	ISBN 3-88369-078-3
8	Erfolgreiche Tierfotografie	ISBN 3-88369-083-X
9	Erfolgreiche Naturfotografie	ISBN 3-88369-042-2
10	Erfolgreiche Effektfotografie	ISBN 3-88369-047-3
11	Erfolgreiche Porträtfotografie	ISBN 3-88369-052-X
12	Erfolgreiche Reportagefotografie	ISBN 3-88369-057-0
13	Erfolgreiche Astrofotografie	ISBN 3-88369-067-8
14	Fotografieren in Licht und Schatten	ISBN 3-88369-072-4
15	Erfolgreiche Architekturfotografie	ISBN 3-88369-077-5
16	Erfolgreiche Partyfotografie	ISBN 3-88369-102-X

Die Reihe wird fortgesetzt

Text und Fotos: Matthias Dieberg und Otto Brunner

Änderungen der technischen Angaben durch Neuentwicklungen und Veränderungen vorbehalten.

Lithografien: ELEX GmbH, Wiesbaden
Druck: Sellier Druck GmbH, Freising
Printed in Germany (Federal Republic of Germany)

Erste Auflage, 1.–10. Tausend
ISBN 3-88369-072-4

Matthias Dieberg · Otto Brunner

Fotografieren in Licht und Schatten

Soll, abgesehen von Erinnerungsfotos, wegführen vom „Knipsen" hin zu einem der schönsten u. kreativsten Hobbys!

Toni u. Trudl

12. 10. 1982

vwi Verlag Gerhard Knülle GmbH, Herrsching/Ammersee

Inhalt

Mit Licht malen…

Übersetzen ist so eine Sache – oft genug wird es sogar zur Glückssache. In den weitaus meisten Fällen läuft die beste Übersetzung auf eine rein intuitive Erfassung des Zusammenhangs und eine freie Wiedergabe hinaus. So nehmen wir uns denn auch die persönliche Freiheit, den Begriff der Fotografie nicht wörtlich als »mit Licht schreiben« zu übersetzen, sondern ihm eine Auslegung zu geben, die das bewußte Fotografieren viel treffender zu kennzeichnen scheint. Wer bewußt sehen gelernt hat, wird sich ständig aufs Neue darüber freuen, wie das Licht malt, wie es mit allem spielt, das sich ihm in den Weg stellt, in unzähligen Stufungen Schatten und Zerrbilder entwirft. Ebenso können *wir* mit diesem Licht malen, wenn wir nur einen geeigneten Aufnahmestandpunkt wählen. Belangloses, Alltägliches wird plötzlich im höchsten Maße fotogen. Buchstäblich aus dem Nichts erwachsen Motive, die eindrucksvolle Bilder ergeben. Und wenn Sie

zehn Minuten später den gleichen Weg noch einmal mit Ihrer Kamera gehen, sieht die Welt schon wieder ganz anders aus, malt das Licht völlig neue Muster – oder ist inzwischen weitergewandert und hat das zauberhafte Motiv, das wir eben noch mit der Kamera festhalten konnten, längst gänzlich in den Schatten getaucht.
Natürlich lebt das Spiel mit Licht und Schatten fast ausschließlich von der Sonne, und so ist diese besonders intensive Art der Fotografie überwiegend den »lichten Stunden« in unserem Leben vorbehalten. Doch diese sind es ohnehin, in denen das schöne Hobby der Fotografie die meisten Anhänger findet.
Das Wörtchen »intensiv« allerdings sollte nicht mißverstanden werden: Intensiv ist nämlich nur die Art des optischen Erlebens und der Darstellung im Bild. Fast mühelos hingegen bleibt die Aufnahme selbst. Sie wird kaum vom verwendeten Kameratyp, von der Objektivbrennweite und ähnlichen technischen Gegebenheiten beeinflußt. Wichtig ist allein das bewußte Sehen, die visuelle Erfassung jener reizvollen Effekte, die das

Ein Motiv am Wegesrand, vom fahrenden Auto aus entdeckt und bei stehendem Wagen durch das offene Fenster mit dem FD 1:2,8/200 mm »gepflückt«. Die lange Brennweite schuf die nötige Konzentration, überspielte die erforderliche Kameraneigung – und unterstützte die Faulheit des Fotografen.

Licht eines schönen Tages so völlig kostenlos für uns malt. Wiederum in leichter Abwandlung eines bekannten Ausspruchs möchten wir sagen, daß die Motive wirklich auf der Straße liegen. Sie brauchen sie nur zu erkennen und »mitzunehmen«. Dieses Erkennen jedoch ist erlernbar, sollten Sie hierin zunächst noch eine persönliche Schwierigkeit sehen. Es ist eine Tatsache, daß viel zu viele Hobbyfotografen nicht an das Licht denken. So wird selbst bei Motiven, die nicht allein vom Lichterspiel leben, aus einer beliebigen Richtung einfach darauflosfotografiert. Das Ergebnis sind dann oft recht flache Bilder, die viel eindrucksvoller ausfallen könnten, wenn der Fotograf ein wenig auf Lichtrichtung und Schatten geachtet hätte.

Mit den Bildbeispielen und Erläuterungen auf den folgenden Seiten möchten wir versuchen, Ihren Blick für diese naturgegebene Zutat »Licht« zu schärfen und Ihnen damit zu einer ebenso mühelosen wie wirkungsvollen Bereicherung Ihres Hobbys zu verhelfen. Denn gutes Fotografieren ist tatsächlich ein Kinderspiel. Die Natur, der Zufall, die Umstände schaffen die Motive für Sie. Das einzige kleine Etwas, das Sie noch dazutun müssen, besteht in der Wahrnehmung dieser Schönheiten – und damit Motive. Vielleicht können wir mit den folgenden Beispielen gemeinsam diesen kleinen Schritt zu besseren Bildern tun. In diesem Sinne wünschen wir Ihnen für Ihre Aufnahmen durchaus nicht nur »gut Licht«, sondern ebenso »gut Schatten«.

Licht und Schatten – monochrom

Wir nehmen an, daß auch Sie farbig fotografieren – womit wir keine Partei ergreifen, sondern lediglich den Mehrheitsverhältnissen Rechnung tragen möchten. Wenn wir Ihnen auf diesen beiden Seiten rein monochrome Motive zeigen, dann deshalb, um Sie zu ermuntern, auch einfarbige Motive in Ihr Repertoire aufzunehmen, selbst wenn es sich bei dieser einen »Farbe« nur um unterschiedliche Grautöne handelt. Denn dieses Schwarzweiß bildet nun einmal die Grundlage von Licht und Schatten überhaupt: Schatten sind von Haus aus farbneutral, solange nicht die Eigenfarbe ihrer Grundfläche hin durchschimmert oder aber eine »Reflexfarbe«, vielleicht das Blau des Himmels, auf ihnen liegt.

Das Bild Seite 11 mag Sie im ersten Augenblick vor die Frage stellen, was da eigentlich fotografiert wurde, denn es ist ein typisches Beispiel für die etwas abstrakte Fotografie, die reine Freude an Strukturen und ihre Anordnung innerhalb des Bildformats. So ist es nicht der Zweck einer solchen Aufnahme, Sachinformation über den abgebildeten Gegenstand zu vermitteln, sondern vielmehr Realität in einen gestalteten optischen Eindruck zu übersetzen. Die »Realität« bestand bei dieser Aufnahme aus einem schwarzlackierten Schirm, der auf einer Straße Singapurs zum Trocknen aufgestellt war. Daß er keine echte »Farbe« bot, störte in diesem Fall wenig, denn der radiale Verlauf der Speichen war interessant genug für einen Schuß auf kurze Distanz. Und wieder bewahrheitet sich die alte fotografische Regel, daß es meist gerade das Detail ist, der Blick aus kürzerem Abstand, der zu eindringlichen Bildern führt. Eine Aufnahme des ganzen Schirms hätte unter den gegebenen Umständen sicher nicht zu einem vergleichbaren Resultat geführt.

Auch das Bild Seite 12/13 gehört in den Bereich der Nahmotive, für den sich das FD 1:4/35–70 mm, wie es hier verwendet wurde, übrigens hervorragend eignet. Zum einen läßt die Brennweitenverstellung vom gemäßigten

Schwarzglänzend trocknet ein chinesischer Schirm auf einer Straße Singapurs – aus der Nähe fotografiert ein reizvolles Motiv, das allein von den fein abgestuften Lichtern und Schatten lebt.

Das glückliche Zusammentreffen von Formen und streifendem Abendlicht schuf dieses monochrome Motiv. Ein Vario-Objektiv – hier war es das Canon FD 1:4/35–70 mm – erleichterte die genaue Festlegung des Ausschnitts.

Weitwinkel bis zum kleinen Tele angenehmen Spielraum für die Bildgestaltung, zum anderen gestattet die Naheinstellgrenze von 0,5 m bei Brennweite 70 mm eine weitgehende Annäherung an die Motive.
Die Seitenwand eines der Holzhäuser, wie sie in Kalifornien üblich sind, lag im streifenden Abendlicht. Die Formen des Gebäudes verschmolzen für kurze Zeit mit Licht und Schatten zu einem Motiv. Wenig später schon war die ganze Wand in grauen Schatten gehüllt; der Zauber war verflogen. Deshalb lohnt sich bei derartigen Motiven das schnelle Zupacken, denn es bleibt keine Zeit zu verschenken. Auch wird Ihnen aufgefallen sein, wie gut sich malendes Licht für das Kompositionstraining eignet. Leicht können Sie im Sucher Ihrer Canon-Reflex mit dem Ausschnitt spielen, die Flächen immer wieder neu innerhalb des Bildrahmens aufteilen. Oft lassen sich die Motive auch in eine Reihe von Einzelaufnahmen zerlegen, denen Sie durch Wechsel der Brennweite oder von Quer- auf Hochformat ein anderes Aussehen geben können.

Schattenspiele

Haben Sie schon einmal versucht, fotografisch nur mit Schatten zu spielen? Auch das kann zu recht ansprechenden Bildern führen. Zunächst einmal bleibt natürlich stets das Spiel zwischen Objekt und Schatten, wie es Bild Seite 16 zeigt. Die Lampen aller Nationen sind es, die uns persönlich stets von neuem fesseln. Je nach Lage und Sonnenstand geben sie faszinierende bis skurrile Motive ab. Oft werden Sie – besonders für eine relative Großabbildung – ohne eine längere Brennweite allerdings nicht auskommen. Bereits 135 mm Brennweite geben Ihnen jedoch eine solide Grundlage für die formatfüllende Erfassung dieser attraktiven Motive.
Bild Seite 17 zeigt die konsequente Fortsetzung des Themas. Zwar handelt es sich hier nicht um dieselbe Lampe wie in Bild Seite 16, doch um eine »Schwester«, nur wenige Meter entfernt an derselben Wand. Allerdings, genau besehen ist es überhaupt keine Lampe, die hier abgebildet ist,

Bild und Abbild einer Laterne, festgehalten mit dem FD 1 : 2,5/ 135 mm (ein Vorläufer des heutigen FD 2,8/135 mm). Gerade für Aufnahmen von etwas höher plazierten Objekten ist eine längere Brennweite meist Voraussetzung, denn eine einigermaßen natürliche Perspektive läßt sich nur aus leicht größerem Abstand mit mäßig nach oben geneigter Kamera erzielen.

Nur wenige Meter neben der in Bild links gezeigten Laterne fand sich dieses reine Schattenbild, das keine realen Teile der echten Lampe oder ihrer Aufhängung mehr zeigt. Auch für diese Aufnahme diente das FD 1 :2,5/135 mm.

Die generelle Behauptung, steiles Mittagslicht wäre für fotografische Zwecke nicht brauchbar, ist unsinnig. Allein die Lage des Aufnahmegegenstands zur Lichtrichtung entscheidet nämlich über Schattenwurf und Modellierungseffekt. So kann gerade die Mittagssonne bezaubernde Motive auf Hauswände und ähnlich senkrechte Objekte werfen, sobald sich ihr horizontale Erhebungen in den Weg stellen.
So ganz nebenbei demonstriert diese Aufnahme, welch hervorragende Leistung ein anspruchsvolles Vario-Objektiv wie das Canon FD 1:4/80–200 mm erbringt

sondern lediglich ihr Schatten. Kein einziges reales Teil der Lampe ist mehr auf dem Bild zu sehen. Wir sind bei den echten Schattenspielen.

Bei der Belichtung von Schattenmotiven auf weißen Wänden empfiehlt sich je nach Größe und Lage der verbleibenden, weißen Grundfläche ein wenig Vorsicht. In Bild Seite 17 ist der Anteil des schwarzen Schattens so groß, daß wir die Belichtung auch bei einer automatischen A-Kamera nicht korrigieren würden. Bei einem größeren Weißanteil jedoch sollten Sie eine halbe Blende zugeben, damit sich die Schatten nicht tiefschwarz gegen den weißen Hintergrund abheben. Ein klein wenig Zeichnung gibt ihnen wesentlich mehr Flair. Mit einer Canon F-1 wiederum können Sie das Meßfeld bequem so vermittelnd auf Hell und Dunkel legen, daß Sie praktisch auf Durchschnitt messen.

In Bild Seite 18/19 ist es wieder eine Lampe, doch diesmal ist sie nur das Tüpfelchen auf dem »i«. Die Rundung des Lattenrostes über einem Hauseingang wäre normalerweise sicher wenig interessant. Von Licht durchflutet, gibt sie dieser Aufnahme mit dem FD 1:4/80–200 mm Berechtigung. Interessant und wichtig zugleich: Das vermeintlich so wenig fotogene Mittagslicht mit steilem Sonnenstand vermag durchaus geeignete Motive zu schaffen. Allein die Stellung des Aufnahmegegenstands zur Lichtrichtung ist es nämlich, die über den Modellierungseffekt der Sonne entscheidet. Auf senkrechten Flächen erzeugt Mittagssonne streifendes Licht.

Der plastische Schnappschuß

Beobachten Sie doch einmal eine Busladung kamerabeschwerter Reisender, netter, sympathischer Leute, die überwiegend Hobbyfotografen im besten Sinne des Wortes sind. Sobald die Türen aufgehen und sich die Menge zum Angriff auf eines oder gar mehrere Motive formiert, zählt im Trubel der Begeisterung nur noch eins: das Motiv – oder das, was man dafür hält. Kaum einer, der groß darauf achtet, ob das Licht nun von vorn, von der Seite oder von hinten auf das Objekt seines Interesses fällt. Man baut sich auf – und schon klickt der Verschluß.
Sicher, man bekommt seine Motive nicht immer »gemalt«. Doch sehr oft ist es sehr wohl möglich, sich für einen Standpunkt zu entscheiden, der das Motiv von vornherein in einer günstigeren Beleuchtung zeigt. Und genau das ist der springende Punkt. Fotografieren Sie nicht einfach »etwas« – fotografieren Sie bewußt! Achten Sie darauf, in welchem Licht sich Ihr Motiv zeigt. Und

wenn immer Sie die Wahl haben, dann tun Sie alles, um Rückenlicht zu vermeiden! Damit uns nun wirklich niemand mehr mißverstehen kann, sei angefügt, daß mit Rückenlicht jenes gemeint ist, das von genau hinter Ihnen kommt und das Motiv damit so flach beleuchtet, daß praktisch keine Schatten im Bild sichtbar werden. Das Ergebnis sind nämlich unweigerlich »flache« Bilder.

Für die Aufnahme von Bild Seite 23 hätte man sich ebensogut im entsprechenden Abstand rechts aufbauen können – und hätte flaches Rükkenlicht gehabt. Aus unserer Sicht jedoch fällt die Sonne genau im rechten Winkel auf die Szene. Der ausgestreckte Arm der Kundin wirft einen langen Schatten quer über die »Theke«; alle Details erhalten durch die seitliche Beleuchtung plastische Tiefe.

In den Bildern Seite 24 und Seite 25 schließlich fallen die Schatten direkt auf uns zu: Wir fotografieren im Gegenlicht. Und plötzlich nehmen die Dinge selbst in diesen zweidimensionalen Aufnahmen buchstäblich »Gestalt« an. Wenn Sie ein solches Dia projizieren, meinen Sie noch stärker

Seitliche Beleuchtung verleiht einem Motiv eindrucksvolle Plastik, die sekundär auch die Schärfenwirkung erhöht. Alle Objekte werfen ihren Schatten deutlich sichtbar. Der Gesamteindruck ist unvergleichlich stärker als in einer Aufnahme mit Rückenlicht.

Abb. links: Selbst bei Schnappschüssen kann man ein wenig Regie führen. Eine günstig beleuchtete Ecke und die Gewißheit, daß (für unsere Begriffe) malerisch gekleidete Gestalten nicht weit sein konnten, bewogen den Fotografen, sich hier auf die Lauer zu legen. Die Kamera wurde eingestellt – und dann wartete er nur noch, bis einige der Gestalten den

gewünschten Platz im Bild einnahmen. Das Gegenlicht verlieh ihnen zwingende Plastik. Aufnahme mit FD 1:1,2/85 mm L.
Abb. rechts: Deutlich zeichnet das fast direkt auf die Kamera gerichtete Sonnenlicht jeden Mauervorsprung, jede Erhebung nach. Aufnahme mit FD 1:2/35 mm.

als bei einer anderen, gut beleuchteten Aufnahme, durch ein Fenster auf die Szene in der Natur zu blicken.

Bei »offenen« Aufnahmen nach Art von Bild Seite 25 würden wir Ihnen empfehlen, die Belichtung mit einer automatischen A-Kamera um + ½ Blende zu korrigieren. Bei einer auch halbautomatisch steuerbaren Kamera wie der F-1 liegt es ohnehin in Ihrer Hand, worauf Sie die Belichtung abstimmen. Bei Farbumkehrfilm für Diapositive sollten Sie ganz allgemein recht vorsichtig mit einer Belichtungsverlängerung umgehen, denn Diafilm ist generell auf die Lichter zu belichten, nicht auf die Schatten; obendrein hat er einen nur minimalen Belichtungsspielraum. Wenn Sie deshalb in normalen Gegenlichtsituationen – bei denen die Sonne nicht direkt in die Kamera blinzelt – eine oder gar 1½ Blende zugeben würden, wäre die Gegenlichtstimmung verflogen, und Sie könnten das Dia wegwerfen. Etwas anderes ist Schwarzweißfilm, der auf die Schatten zu belichten ist.

Menschen im Gegenlicht

Schon der reine Schnappschuß auf den vorangehenden Seiten deutete an, wie gut sich das direkte Gegenlicht auch für die Darstellung des Menschen eignet. Völlig überholt ist die noch immer oft geäußerte Ansicht, gegen das Licht ließe sich nicht fotografieren. Nur wenn man dies kritiklos täte, hätte diese Meinung auch heute noch Gültigkeit. Der Reflexsucher ihrer Canon-Kamera zeigt Ihnen in jedem Fall, ob Sie über die Stränge hauen: Trifft direktes Sonnenlicht auf das Objektiv, so nehmen Sie einen möglicherweise entstehenden Schleier bei nur einigermaßen aufmerksamer Betrachtung bereits im Sucher wahr. Treten Blendenreflexe auf – wie es sie selbstverständlich auch bei hochmodern vergüteten Objektiven gibt, eben nur schwächer – so erscheinen auch diese bereits im Sucher, und Sie können entweder einen anderen Standpunkt suchen, bei dem das Objektiv selbst hinreichend abgeschattet ist, oder aber derartige Reflexe als

Gestaltungselemente in das Bild einbeziehen, wie man es heute gern tut. An einer Kamera wie der F-1 sollten Sie auch von der bequemen Abblendmöglichkeit häufigen Gebrauch machen und den Abblendschieber bzw. -hebel der Kamera kurz drücken, um die Lichtverhältnisse bei Arbeitsblende im Sucher zu prüfen. Es ist nämlich durchaus möglich, daß sich Reflexe und Streulicht bei der letztlich für die Aufnahme verwendeten, kleineren Blende anders darstellen. Lediglich mit einem Blendenautomaten wie der AE-1 oder A-1 ist diese Prüfung bei direkt angesetztem FD-Objektiv nicht ganz so einfach, weshalb auch wir sie uns in diesem Fall meist schenken – der Preis für die Vorteile der vollelektronisch gesteuerten Blendenautomatik.
Bild Seite 29 und Seite 30 unten unterstreichen die feinen Lichtsäume, mit denen das Gegenlicht die Konturen einer Person umgibt. Insbesondere, wenn Sie eine längere Brennweite verwenden und die Personen dadurch gegen einen relativ unscharfen Hintergrund freistellen können, ergibt sich eine besonders plastische Bildwirkung.
Wieder völlig anders liegen die Verhältnisse, wenn Sie in Innenräumen gegen das Licht fotografieren. Ein Beispiel hierfür zeigt Bild Seite 30 oben. Die durch das Fenster flutende Morgen-

Ein baskisches Idyll, ins rechte Gegenlicht gerückt. Die lichtdurchflutete Laterne oben rechts schafft den diagonalen Gegenpol zu der im Dia noch voll durchzeichneten Person. Aufnahme mit FD 1:4/200 mm.

sonne taucht das Haar des Mädchens in gleißendes Licht. Sie liefert uns damit gratis einen beleuchtungstechnischen Akzent, der die Bildwirkung wesentlich verbessern kann. Die Belichtung wurde bei dieser F-1-Aufnahme manuell auf das Gesicht abgestimmt; die deutliche Überbelichtung des sonnenbeschienen Haares ist hier voll beabsichtigt, das Gesicht durfte nicht zu dunkel kommen. Mit automatisch gesteuerter Kamera dürfte bei dieser Verteilung von Hell und Dunkel innerhalb des Bildformats eine Verlängerung um eine halbe Blende ausreichen. Im Zweifelsfall würden wir Ihnen zu einer Nahmessung raten, die jedoch zumindest auch einen Teil der hellen Bildpartien erfassen sollte, um eine zu helle Wiedergabe der Details im Schatten zu vermeiden. Den so abgelesenen Wert stellen Sie dann für die Belichtung von Hand ein.
Bei Aufnahmen von Innenräumen, die helle Fensterflächen einschließen, sollten Sie diese bei der Belichtungsmessung weitgehend ausschließen, um noch ausreichende Zeichnung in den bildwichtigen Schatten zu erzielen.

Abb. oben: Eine Variante, die eine etwas andere Belichtung erfordert. Diese wurde hier mit der F-1 auf das Gesicht abgestimmt. Die Überbelichtung des Haares entspricht damit der Bildabsicht und fördert die Stimmung dieser Aufnahme mit FD 1:4/35–70 mm.

Abb. unten: Wohltuend unscharf bringt das FD 1:2,8/200 mm den Hintergrund in dieser Personenaufnahme. Und hätte der Fotograf nicht im Eifer des Gefechts vergessen, die eingebaute Gegenlichtblende des Objektivs auszuziehen, wäre der Kontrast noch besser. But nobody is perfect...

Sichtbare Atmosphäre

Sogar die Atmosphäre läßt sich in Bildern darstellen. Und gerade diese sichtbar gemachte Atmosphäre ist es, die Aufnahmen aus dem üblichen Rahmen heraushebt und ihnen eine besondere Note gibt. Zwei Bedingungen müssen jedoch zusammentreffen, um die Voraussetzungen für eine Sichtbarmachung der Atmosphäre zu schaffen: kräftiges Licht auf der einen und ein »Katalysator« auf der anderen Seite. Als letzterer mag im einfachsten Fall atmosphärischer Dunst dienen, der – von starkem Licht durchsetzt – zu einem sichtbaren Etwas wird. Wesentlich fotogener noch wirken sich in der Luft hängende Staubpartikel, Rauch oder Dampf aus. Sobald sie das Licht zumindest im rechten Winkel zur Aufnahmerichtung durchsetzen, dienen diese »Schwebeteilchen« zur direkten Abbildung der Atmosphäre – und schaffen damit meist eine besonders zauberhafte Stimmung, die zu fotografieren Sie sich nicht entgehen lassen sollten.

Bild Seite 34/35 oben zeigt den einfachsten Fall: Dunstbeladen liegt die Luft über der Bucht von Miyajima, unweit von Hiroshima. Die Sonne steht noch relativ hoch, das Licht ist nicht sonderlich günstig für Aufnahmen. Packt man jedoch den Stier bei den Hörnern und fotografiert frech hinein in dieses verhangene Glitzern, der Sonne voll entgegen, dann schafft eben jener Dunst, der zwischen nahen und fernen Gegenständen liegt, eine deutliche Differenzierung, eine Abstufung, die einen interessanten Kontrast zu den harten Schatten direkter Vordergrundobjekte, wie der Boote in diesem Bild, bildet.
Fotografisch wesentlich günstigere Verhältnisse finden wir in Bild Seite 34/35 unten. Ein kleines Städtchen in der Provence qualmt in den letzten Strahlen der untergehenden Sonne still vor sich hin. Der Rauch aus den Schornsteinen versetzt die Luft mit jenen Schwebeteilchen, die wir für eine Gegenlichtaufnahme brauchen, um die Atmosphäre sichtbar zu machen. Von einem Hügel über der Stadt komprimiert die Brennweite 200 mm das Dächermeer zur geschlossenen Einheit.
Gleichermaßen stimmungsträchtig ist staubverhangene Luft, in der sich einzelne Lichtkegel – zumal bei schrägem Einfall – eindrucksvoll abzeichnen. Im letzteren Fall sollte die Belichtung allerdings nicht zu sehr zugunsten eines dunkleren Umfeldes ausfallen, um die Stimmung nicht zu zerstören. Bei einer mittenbetont messenden Kamera hieße dies, daß die Belichtung gegenüber der Anzeige verkürzt werden muß.

Steiles Licht liegt über der dunstverhangenen Bucht von Miyajima in Japan. Dennoch ist Fotografieren nicht unmöglich. Die Boote im Vordergrund dieser langbrennweitigen Aufnahme schaffen den unerläßlichen Kontrast zur glitzernden Wasserfläche. Die Ferne verschwindet zunehmend hinter einem Dunstschleier, der dem Auge gleichzeitig Entfernung suggeriert. Es entsteht der Effekt einer deutlichen »Luftperspektive«, wie man die mit größeren Abständen zunehmende Überlagerung der Objekte durch die als Dunst sichtbar werdende Atmosphäre nennt.

Eine kleine provenzalische Stadt im Abendlicht. Der aus unzähligen Kaminen aufsteigende Rauch macht die Atmosphäre – von der tiefstehenden Sonne durchstrahlt – direkt sichtbar. Aufnahme mit FD 1:4/80–200 mm.

Das letzte Glühen

Wenn das Licht zur Neige geht, kann es für uns Fotografen noch einmal außerordentlich spannend werden. Ein glühender Abendhimmel in einer landschaftlich reizvollen Gegend beschert Ihnen buchstäblich im Handumdrehen spektakuläre Bilder. Das Ganze ist so einfach, daß Sie eigentlich gar nichts falsch machen können.
Schauen wir uns Bild Seite 37 an. Einen herrlichen Foto-Nachmittag mit goldenem Sonnenlicht hatte uns das Wetter im Arches National Park im amerikanischen Bundesstaat Utah geschenkt. Nun ging die Pracht zur Neige – und noch einmal kündigte sich ein Höhepunkt an. Der Himmel schien buchstäblich zu glühen. Zwar gab es allenthalben malerische Gesteinsformationen, doch sie allein schafften noch nicht den gewünschten Kontrast zu diesem Himmel. Also hieß es, schnell nach einem besser geeigneten Vordergrund Ausschau zu halten. Zum Glück fanden sich in dieser Landschaft immer

Ein glühender Abendhimmel, wie er sich auch mit einer automatischen Kamera ohne jede Belichtungskorrektur so dramatisch einfangen läßt. In der F-1 wurde die Belichtung bei teilselektiver Messung direkt auf den Himmel abgestimmt, um dessen Wirkung durch bewußte Unterbelichtung zu verstärken. Aufnahme mit FD 1 :2,8/35 mm.

wieder abgestorbene Bäume, die oft geradezu bizarre Figuren machten. Genau das braucht man. Um den Vordergrund wirkungsvoll, das heißt, aus relativ kurzer Entfernung gegen den Himmel darzustellen, wurde das neue FD 1:2,8/35 mm gewählt – ein ungewöhnlich kompaktes und leichtes Objektiv.
Wir verwenden es sehr gern für Landschaftsaufnahmen und finden seine Leistung hervorragend.
Mit diesem Objektiv an der F-1 ging es tief hinunter in die Hocke, denn erst aus der Froschperspektive ergab sich der ungestörte Kontrast zwischen Felsen, Baum und Himmel. Der Hintergrund versank, die Kameraneigung nach oben beschränkte den Boden auf einen schmalen Streifen im Bildformat.
Die Belichtung ist in einem solchen Fall recht unproblematisch. Mit der F-1 wurde sie hier manuell allein auf den Himmel abgestimmt, denn Zeichnung im Felsen oder Baum war weder nötig noch erwünscht. Die bewußte Unterbelichtung brachte den leuchtenden Himmel besonders gut heraus. Auch mit der automatischen Kamera hätten Sie keinerlei Belichtungssorgen: Die Automatik würde Ihnen in einer solchen Situation ohne jede Korrektur gleichfalls einen dramatischen Himmel liefern – womit sich unsere Behauptung bestätigt, daß Sie eigentlich gar nichts falsch machen können, wenn Sie nur Ihren Aufnahmestandpunkt ein wenig mit Bedacht wählen.

Gerade noch reichte die längste Brennweite des Canon FD 1:4/80–200 mm aus, um dieses verträumte Motiv – mitten in einem amerikanischen Vergnügungspark – bei tiefstehender Sonne festzuhalten.

Um jeglichem Mißverständnis vorzubeugen, sei angefügt, daß Sie für derartige Aufnahmen keinen hochempfindlichen Film brauchen. Das normale Filmmaterial – hier war es Kodachrome 64 – ist ohne Zweifel am besten geeignet.
Doch es muß nicht unbedingt der Abendhimmel sein. Wissen Sie, wo wir den morschen, alten Kahn in Bild Seite 39 fanden? Nein, weder am Ufer eines Bergsees, noch an einem anderen stillen Plätzchen draußen in der Natur. Wir entdeckten ihn mitten in einem amerikanischen Vergnügungspark, in einem kleinen, künstlichen See. Das Motiv lag zwar schon sehr am Rande des technisch noch Realisierbaren, verlangte jedoch geradezu danach, fotografiert zu werden. Die im wesentlichen auf die hellen Bildteile abgestimmte Belichtung forderte die volle Öffnung des FD 1:4/80–200 mm und die für seine längste Brennweite eigentlich schon zu lange Verschlußzeit $1/125$ Sek.

Modellierendes Gegenlicht

Wir hatten von Menschen im Gegenlicht gesprochen, von Landschaften, und es ist nun an der Zeit, daß wir uns den »normalen« Gegenlichtmotiven im mittleren Entfernungsbereich zuwenden. Diese Beleuchtungsart ist von ganz besonderem Reiz. Sie sollten sich keinesfalls generell entmutigen lassen, wenn die Sonne nicht stets so schön auf Ihr Motiv »draufscheint«, wie Sie sich das im ersten Moment vielleicht wünschen. Oft läßt sich aus der Not eine Tugend machen, noch öfter neigen wir sogar dazu, das Gegenlicht bewußt zu suchen. Allein durch die Beleuchtung können Sie sich zusätzliche, ausgesprochen stimmungsvolle Motive erschließen, die bei normalem Licht keine wären oder aber längst nicht die gleiche Wirkung entfalten würden.

Bild Seite 42 ist ein Beispiel für die aus der Not gemachte Tugend: Um dieses afrikanische Motiv zu fotografieren, mußte die Beleuchtung so genommen werden, wie sie sich gerade bot. Und

das Ergebnis zeigt, daß man auch mit vermeintlich so ungünstigem Licht nicht unbedingt schlechtfährt.
Das Bild Seite 45 ist ein »gesuchtes« Gegenlichtmotiv, das obendrein wieder ein wenig Regie verrät: Man müßte schon sehr viel Glück haben, um eine Person zufällig und auf Anhieb genau an dieser Stelle zu erwischen. Einmal als Motiv erkannt, war das Vorgehen klar: Mit dem FD 1:2/35 mm an der F-1 stellten wir uns an jener Stelle auf, die uns nicht nur die Fortsetzung des Sonnenstreifens als bildwirksamen Vordergrund in Form des beleuchteten Säulenfußes in der linken unteren Ecke ins Bild brachte, sondern auch die Laterne im rechten Hintergrund noch ungestört freiließ. Nach der sorgfältigen Einstellung blieb uns dann nichts weiter, als zu warten, bis sich eine geeignete Person näherte. Und mit ein wenig Glück fand sich auch eine Gestalt, die genau jene Stelle kreuzte, an der wir sie für unser Bild brauchten. Sie darf ruhig sehr dunkel kommen

Nicht immer läßt sich direktes Gegenlicht vermeiden, zumal unterwegs, auf Reisen, wenn eine Wiederholung der Aufnahme bei anderem Sonnenstand allein aus Zeitgründen ausscheidet. Dennoch sollten Sie direktem Gegenlicht nicht aus Prinzip aus dem Weg gehen. Wenn Sie den Schuß wagen, wird Sie gar manches Motiv überraschen durch die besonders stimmungsvolle Wiedergabe, die dieser Beleuchtungsart eigen ist.

(im Dia ist sogar noch ein Rest Zeichnung erhalten, der sich im Druck allerdings nicht mehr wiedergeben läßt). Völlig falsch wäre es, von einer derartigen »Staffage« im Gegenlicht volle Durchzeichnung zu verlangen. Gerade die verallgemeinernde Wirkung des Gegenlichts, das zur Schaffung großer, einheitlicher Flächen neigt, bringt Ruhe in die Aufnahmen und erhöht die Bildwirkung. Die Unterdrückung von Sachinformationen durch Schattenflächen wirkt hier genau im Sinne der alten fotografischen Regel, daß weniger mehr ist.

Auch die beiden Bildbeispiele auf den folgenden Seiten 46 und 48 unterstreichen die modellierende Wirkung, in diesem Fall des seitlichen Gegenlichts, das für die Straßenszene ebenso taugt wie für ein beschauliches Motiv wie den griechischen Glockenturm. Wenn Sie möglichst viel Zeichnung selbst in den Schattenpartien bevorzugen, dann sollten Sie nach Motiven Ausschau halten, die Ihnen viele weiße Flächen im Schat-

Haben Sie die Wahl, dann halten Sie ruhig gezielt Ausschau nach Gegenlichtmotiven. Diese Aufnahme mit FD 1:2/35 mm fiel uns nicht einfach in den Schoß, sondern entstand nach der Kamera-Einstellung und generellen Ausschnittwahl durch ein wenig geduldiges Warten: bis nämlich eine geeignete Person das Bild an genau jener Stelle kreuzte, an der sie einen so fotogenen Schatten warf, den wir zur Aufwertung der Aufnahme brauchten.

FUT BOL
UNIDAD DEPORTIVA
OMINGO 8 DE ENERO DE 1978
CAÑONAZO DEPORTIVO
A LAS 4 HORAS
PATZCUARO JUVENIL VS. ARIO DE ROSALES JUVENIL
A LAS 16 HORAS
EL ENCUENTRO QUE LA AFICION ESPERABA
PATZCUARO B
GANADOR DE QUIROGA
2 VS 0
VS. ARIO DE ROSALES
GANADOR DE QUIROGA
2 VS 0
ENTRADA GENERAL
$6.00
CORTESIA DE
CERVEZA SUPERIOR
CONVOCATORIA
CONVOCATORIA
CONVOCATORIA

ten bieten, wie dies bei einigen dieser Beispiele der Fall ist. Dann läßt sich die Gegenlichtstimmung nämlich unter Umständen so zart halten, daß die modellierende Wirkung des Lichts voll zur Geltung kommt, ohne daß der Charakter einer fast normalen Aufnahme verlorengeht.

Der mexikanischen Straßenszene bekommt das seitliche Gegenlicht ebensogut wie dem stillen Motiv auf Seite 48. Hier war es das FD 1:2,8/200 mm, das uns genügend Freiheit ließ, auch bei Gegenlicht ein wenig im Trüben zu fischen. Natürlich ist die lange Brennweite durchaus keine Voraussetzung für Gegenlichtaufnahmen, wie die vorangegangenen Bildbeispiele es beweisen. Für ungestellte, natürliche Aufnahmen von Menschen in ihrer gewohnten Umgebung, bei der Arbeit usw., bietet sie jedoch große Vorteile. Und doch sollten wir trotz all der optischen Tricks und Raffinessen, deren wir uns heute bedienen, eines nicht vergessen: Entscheidend für die Qualität unserer Aufnahmen ist letztlich die Erfassung und Gestaltung eines Motivs, seine Darstellung in der günstigsten Beleuchtung.

Text zu Abbildung Seite 48:
Wer selbst in Gegenlichtaufnahmen gut durchzeichnete Schattenflächen bevorzugt, findet sehr dankbare Motive in Objekten mit ausgedehnten weißen Flächen. Bei diesen wird es nämlich meist möglich sein, trotz Nutzung der modellierenden Wirkung des Gegenlichts in den direkt beleuchteten Partien den Charakter einer »normalen« Aufnahme zu wahren. Mit anderen Worten, all die Vorteile der Gegenlichtfotografie lassen sich selbst für einen fotografischen Normalverbraucher nutzen, der eine gewisse Scheu vor Gegenlicht empfindet, weil ihm große, dunkle Flächen auf Anhieb unnatürlich erscheinen. Dabei ist eigentlich genau das Gegenteil der Fall: Auch unser Auge nimmt bei Gegenlicht keine oder kaum noch Details in diesen Flächen wahr. Dennoch gehören diese Stimmungen seit jeher zu den bevorzugten der Maler – und Fotografen. Aufnahme des griechischen Glockenturms mit FD 1:2,5/135 mm (früherer Objektivtyp).

Warum in die Ferne schweifen...

Ob Sie in die Ferne oder in die Nähe blicken – das Licht malt überall fotogene Muster. Bei den relativ nahen Motiven bewegen wir uns dabei oft bereits am Rande der Abstraktion, denn je mehr wir ein Objekt aus seiner Umgebung herauslösen, nur noch mit Licht und Schatten spielen, um so stärker ist der Effekt der Verfremdung. Doch stören sollte uns eine gewisse Abstraktion in diesem Fall nicht, denn es zählt allein der ästhetische Reiz des im Sucher zum Motiv gestalteten Kontrastes zwischen Hell und Dunkel.

Leider tendieren viele Hobbyfotografen dazu, gerade den mittleren und den Nahbereich bei ihren Aufnahmen zu vernachlässigen. Man fotografiert vorzugsweise »auf Distanz«. Sicher, damit kommt mehr aufs Bild – doch heißt »mehr« unbedingt besser? Solange Sie an reiner Sachinformation über ein gewisses Objekt interessiert sind, ist es zweifellos richtig, ein Maximum dieser Information ins Bild zu übertragen. Doch

Der Nahbereich enthält eine Fülle malerischer Motive, die obendrein den Vorteil bieten, daß man nach Lust und Laune mit ihnen spielen kann. Hier bleibt allein noch die Komposition übrig. Dabei wird leider gerade das Nahmotiv von vielen Amateuren nur wenig beachtet.

CARTELERA MUNICIPAL
SABADO
28
ENERO
PRIMER CAÑONAZO DEL AÑO
a partir de las 10 de la noche
GRAN BAILE
en los Salones COCA-COLA de
GRO.
EL REY DEL ACORDEON
ANICETO MOLINA
ANASTASIO MOLINA

schnell ist hier der Punkt erreicht, an dem sich die Geister scheiden: Ebendiese »Abfotografiererei« ist es ja eigentlich, von der wir abkommen möchten – hin zu einer mehr bildhaften, bewußter gestalteten Abbildung. Sehr bald zeigt sich dann, daß die Lösung im Detail liegt. Mit Details nämlich können Sie recht leicht Ihr Spiel treiben, die Kamera etwas mehr nach oben, unten, rechts oder links halten – und schon bekommt das Ganze ein völlig neues Aussehen. Details lassen sich fotografisch »kneten«. Mit Totalansichten tun Sie sich da schon wesentlich schwerer. Der Handlungsspielraum ist hier unvergleichlich enger. Natürlich bleibt Ihnen stets die Wahl der Perspektive und des Standpunkts, doch die Vielzahl der Details verlangt einfach eine gewisse Ordnung des Ganzen, die den Rahmen absteckt.
Beim nachmittäglichen Spaziergang durch die mexikanische Silberstadt Taxco hatte der Fotograf seine besondere Freude daran, wie die Sonne, kurz bevor sie sich aus der Gasse schlich, Schatten auf die weißgetünchten Wände malte.

Abb. oben: Ein Stück Planwagen mit seinem interessanten Faltenwurf in Licht und Schatten reizte den Fotografen zu dieser Aufnahme mit FD 1:2,8/35 mm. Das Motiv geht bereits einen Schritt weiter zur Abstraktion. Ein Polfilter half, den Himmel sattblau zu bringen.

Abb. unten: Ein Seil hängt von der Bordwand eines Bootes. Die Sonne verdoppelt das Bogenmuster durch seinen Schatten. Ein Motiv, das praktisch keine Sachinformation mehr beinhaltet und nur noch von Formen, Licht und Schatten lebt.

Und wenn Sie sich Bild Seite 50/51 oben einmal im direkten Auflicht vorstellen, das keine Schatten kennt, dann bleibt sicher nur noch wenig von diesem »Motiv« übrig. Die Schattenmuster hingegen machen ein Bild daraus. Und Sie brauchen garnichts weiter zu tun, als Ihre Kamera »hinzuhalten«.
Der Planwagen in Bild Seite 53 oben geht schon wesentlich stärker in Richtung der Abstraktion. Der Himmel wurde bei dieser Aufnahme mit einem Heliopan-Polfilter nachgedunkelt.
Bild Seite 53 unten schließlich lebt nur noch von Formen, Licht und Schatten. Wieder ist es ein rein zufälliges Motiv: Der Fotograf saß in einem Boot und wartete am Landesteg auf seine Abfahrt. Von der Bordwand eines Nachbarbootes baumelte ein Seil, mit dessen Schatten die Sonne spielte – das Motiv war fertig.

Glitzernde Kristalle

Schnee ist eine Herausforderung für jeden Fotografen, und zwar gleich aus mehreren Gründen. In fast allen Fällen bleibt er lieb- und leblose Materie, solange ihn die Sonne nicht zum Glitzern bringt. So traurig das für uns Fotografen ist – wenn die Sonne nicht scheint, ist unsere Kamera mit wenigen Ausnahmen nicht in der Lage, verschneite Landschaften oder Objektive wirkungsvoll festzuhalten.
Wenn die Sonne jedoch scheint, dann ist sie noch lange keine Garantie für gute Winteraufnahmen. Schneemotive nämlich sind die kritischsten überhaupt in bezug auf die Lichtrichtung. Rükkenlicht ist hier so gut – bzw. so schlecht – wie keine Sonne, denn das Fehlen jeglicher Schatten kann Ihnen nur Bilder bescheren, die Sie enttäuscht beiseitelegen werden. So lautet denn die Mindestforderung für Schneeaufnahmen: Seitenlicht. Und wenn Sie das Beste daraus machen wollen, dann fotografieren Sie im Gegenlicht!

Erst seitliches oder direktes Gegenlicht erweckt eine Schneefläche zum Leben: Jede Unebenheit verrät sich durch ihren Schatten. Was mit Rückenlicht oder gar ohne Sonne eine tote, fotografisch wirkungslose Fläche bleiben muß, verwandelt sich bei entsprechender Beleuchtung in ein prächtiges, glitzerndes Motiv voller Details. Durch geeignete Standort- und Ausschnittwahl lassen sich vorhandene Bildelemente zu einem harmonischen Ganzen ordnen. Aufnahme mit Canon FD 1:4/80–200 mm.

Abb. links und rechts: Schnee verwandelt banale Kleinigkeiten in reizvolle Motive. Seitenlicht oder seitliches Gegenlicht läßt die kleinsten Erhebungen in der glitzerndweißen

Fläche durch Licht und Schatten zutagetreten. ... Bild links wurde mit FD 1:2,8/100 mm aufgenommen, Bild rechts mit Makro-Objektiv FD 1:3,5/50 mm.

Eine Menge Forderungen haben wir bereits aufgestellt, und noch immer ist uns der Erfolg nicht sicher. Denn an der Belichtung scheitern die meisten Schneeaufnahmen. Was Sie dem Belichtungsmesser in Ihrer Kamera da nämlich an Lichtfülle präsentieren, ist weit mehr, als jenes »graue Mittelmaß«, auf das nun einmal jeder Belichtungsmesser geeicht sein muß. Daß Sie ihn derartig überfüttern, kann der arme Kerl natürlich nicht ahnen – und prompt gibt er Ihnen eine saftige Unterbelichtung, denn er hielt die Lichtfülle ja für »Durchschnitt«.
Wie also sollten Sie sich bei Schnee und Sonne verhalten? Nun, eingedenk des eben Gesagten müssen wir bei mittenbetonter Integralmessung, wie sie auch in den A-Kameras von Canon verwendet wird, jeweils abwägen, wie hoch der Anteil überdurchschnittlich heller Stellen am Sucherausschnitt ist. Danach richtet sich das Maß der erforderlichen Belichtungsverlängerung. Lassen Sie uns, um einen Anhalt zu haben, Bild Seite 56/57 als Beispiel nehmen. Der Feldschuppen und sein Schatten sind verhältnismäßig groß und befinden sich obendrein fast in der Bildmitte, die das integrale Meßsystem am höchsten bewertet. Eine Belichtungsverlängerung um entweder eine halbe Stufe oder aber 2 DIN scheint uns deshalb in diesem Fall ausreichend. Im Zweifelsfall gilt für Farbdiafilm – im Gegensatz zu Schwarzweiß- oder Farbnegativfilm – die Regel, daß Sie lieber eine leichte Unterbelichtung in Kauf nehmen als der Korrektur zuviel tun soll-

ten. Ein überbelichtetes Schneedia ist nämlich unbrauchbar, während eine leichte Unterbelichtung noch durchaus akzeptabel ist. Zumindest bei Farbumkehrfilm dürfte die erforderliche Korrektur deshalb nur in Extremfällen eine volle Belichtungsstufe übersteigen.
Mit den Bildern Seite 58 und 59 möchten wir Sie wieder auf die zahllosen Nahmotive aufmerksam machen, die gerade der Schnee überall bietet. Ein paar verschneite Baumstämme, eine dick mit Zuckerguß überzogene Bank – aus der Nähe gesehen und im rechten Licht wirkungsvoll ins Format gerückt, werden ansprechende Bilder daraus. Erst die Nahaufnahme zeichnet ein optimales Bild der charakteristischen Winterstimmung.

Der fotografische Scherenschnitt

Haben wir bisher die Sonne in den höchsten Tönen gepriesen, müssen wir Ihnen jetzt endlich ein Trostpflaster für jene Tage servieren, an denen diese den Dienst versagt. Unter gewissen Umständen finden Sie nämlich auch dann noch Motive mit ausgeprägten Hell-Dunkel-Kontrasten, die Sie sekundenschnell auch ohne Schere zu einer Art fotografischen Scherenschnitts verarbeiten können. Doch lesen Sie die Geschichte zu den hier gezeigten Bildbeispielen.
Die Regenzeit hatte bereits eingesetzt in Bali, und das mit größerer Vehemenz als ihr eigentlich zustand. In den Küstenstrichen, in denen sich ein anständiger Tourist den ungeschriebenen Gesetzen nach aufzuhalten pflegt, war das nicht weiter schlimm, denn an den meisten Tagen brach die Sonne recht bald wieder durch. Über den Bergen jedoch hingen fast ständig Gewitter und dikke, schwere Regenwolken. Genau dort jedoch liegt Balis Muttertempel Besakih, 900 m über dem

Fast streifen die tiefhängenden Wolkenfetzen die Spitzen der Merus eines Seitentempels des Besakih auf Bali. Ein für die normale Fotografie absolut untaugliches Objekt bei untauglichem Wetter. Von einem erhöhten Standpunkt aus ergibt sich jedoch mit dem FD 1:2,8/200 mm bei Belichtung primär auf den Himmel ein abstrakter fotografischer Scherenschnitt.

Oder mögen Sie Scherenschnitt auf japanisch? Bitte sehr: Gegen den grauen Himmel fotografiert, geben die Tempellaternen bei bewußter Unterbelichtung ein reizvolles Muster. Für die formatfüllende Abbildung sorgte das FD 1:2,5/135 mm (Vorläufer des Canon FD 2,8/135 mm).

Meer, an den Hängen des heiligen Berges Agung. Wenngleich der Fotograf schon bei früheren Aufenthalten im Besakih-Tempel fotografiert hatte, zog es ihn doch wieder hinauf. Diesmal allerdings kam die Fotografie wirklich zu kurz. Die Wolkenschwaden streiften fast die Merus, jene pagodenartigen Bauten mit übereinanderliegenden Dächern aus schwarzen Palmenblättern. Suchend blieb von einem erhöhten Standpunkt als einziges fotografisches Erlebnis nur der Blick auf die Merus eines Seitentempels – kein fotografisches Erlebnis im herkömmlichen Sinn, denn die schwarzen Bauten selbst konnten trister nicht dreinschauen. Mit einer längeren Brennweite jedoch ließ sich das Motiv noch zu einem durchaus ansprechenden Scherenschnitt verarbeiten. Das FD 1 :2,8/200 mm entwarf das Bild Seite 63. Zur Erzielung des Silhouetteneffektes wurde die Belichtung in der F-1 manuell stark auf den Himmel abgestimmt. Die Belichtungsautomatik hätte ohne Korrektur im wesentlichen das gleiche Ergebnis gebracht. Bei Bild Seite 64/65 war die Sonne Nippons zwar aufgegangen, doch sie verkroch sich meist hinter grauen Wolken. Für Motive im mittleren und im Nahbereich war das Licht noch brauchbar – für »Scherenschnitte« von japanischen Tempellaternen war es ideal! Das FD 135 mm holte sie formatfüllend ins Bild, eine kurze Belichtung sorgte für Schärfe, harte Konturen und absolut schwarze Innenflächen. Sie sehen, mit ein bißchen Glück kann man auch der Sonne ein Schnippchen schlagen.

Phantome – Silhouetten

Lassen Sie uns noch ein wenig bei den »trüben« Situationen verweilen, denen wir uns ja unausweichlich immer wieder einmal gegenübersehen. Denn grundsätzlich sollten wir vermeiden, zu früh aufzugeben, bevor es wirklich nötig ist. Sie glauben gar nicht, was sich alles (wirkungsvoll) fotografieren läßt!
Wenn wir an Bild Seite 68/69 denken, so trifft eher die letztere Situation zu: Das Wetter war den ganzen Tag über durchaus schön gewesen, nur neigte sich dieser Tag eben seinem Ende zu. Für normale Aufnahmen war das Licht längst zu schwach – eigentlich Grund genug, die Kamera wegzustecken. Und doch waren noch nicht alle fotografischen Möglichkeiten ausgeschöpft. So zeichnete sich zum Beispiel die geschwungene Linie der Achterbahn dieses Vergnügungsparks als markante Kulisse gegen das letzte Licht des Abendhimmels ab. Was dann folgte, war wiederum ein Kinderspiel: In Einstellung 80 mm füllte

Eine kinderleichte Aufnahme – die Silhouette einer Achterbahnschleife. In den Abendhimmel hineinfotografiert, gibt Ihnen auch eine automatische Kamera ohne Korrektur der Belichtung den Silhouetteneffekt. So bleibt Ihnen als einzige Aufgabe noch die Anordnung des Motivs innerhalb des Formats – fertig. Diese Aufnahme wurde mit dem FD 1:4/80–200 mm in Einstellung 80 mm gemacht.

Eine reizvolle Landschaft, bei der leider die Sonne nicht für das gewünschte Spiel von Licht und Schatten sorgte. So wurde das Motiv durch Vorhalten eines grauen Cokin-Verlauffilters ohne Verlängerung der Belichtung dramatisiert. Aufnahme mit FD 1:2,8/35 mm. (Bei einer automatischen Kamera müßte hierzu die ohne Verlauffilter angezeigte Belichtung abgelesen und manuell an der Kamera eingestellt werden.)

das FD 1:4/80–200 mm das Format gerade richtig mit der Schleife der Achterbahn. Die Belichtung war unproblematisch, denn sie mußte sich verständlicherweise am Himmel orientieren. Und ob man nun mit einer F-1 teilselektiv mißt oder integral (wie auch mit einer A-Kamera) mittenbetont – das Ergebnis wird gleich sein. Durch die bewußte Unterbelichtung des eigentlichen Motivs, die überhaupt erst zur Silhouettenwirkung führt, ergab sich eine Verschlußzeit, die sich unter den an sich ungünstigen Verhältnissen noch halten ließ. Das einzige zusätzliche Requisit tauchte schon nach kurzem Warten auf: die nächste Achterbahn, die langsam den steilen Anstieg nahm: Ein Druck auf den Auslöser, und die Silhouette war »im Kasten«.
Mit Bild Seite 70/71 sind wir schließlich beim schlechten Wetter angelangt. Nun ist »schlechtes Wetter« allerdings ein recht relativer Begriff. So dachten wir, »wenn schon trüb, dann richtig!« Zur Erzielung der drohend-finsteren Stimmung wurde ein graues Cokin-Verlauffilter vor das FD 1:2,8/35 mm gehalten, ohne die Belichtung zu verlängern, wie es angesichts der tiefgelegten Verlaufkante des Filters für eine normale Aufnahme hätte getan werden müssen. Aus Bequemlichkeit wurden derartige quadratische Verlauffilter übrigens meist ohne Halter verwendet und nur von Hand plan an die Vorderfassung des Objektivs angelegt. Bei einer automatischen Kamera müßte die Belichtung ohne Filter abgelesen und manuell eingestellt werden.

Die versteckte Sonne

Wenn Sie sich bereits mit Gegenlichtaufnahmen versucht haben, dann ist es Ihnen sicher auch schon passiert, daß Sie plötzlich im Sucher alles hinter einem milchig-weißen Schleier verschwinden sahen: die Sonne traf das Objektiv in einem ungünstigen Winkel direkt, so daß auch die beste Vergütung des Streulichts nicht mehr Herr werden konnte. Zum Glück bietet uns ja der Reflexsucher die beste nur denkbare Kontrolle für derartige Fehlerquellen, denn wer ein wenig aufpaßt, wird selbst die Verschleierung nur eines Bildrandes oder eines anderen Bildteils im Sucher wahrnehmen und kann dann entweder nach Abhilfe suchen oder aber entscheiden, ob ihm das Motiv ein Bild wert ist, selbst wenn sich unter den Umständen keine Abhilfe für die Reflexe finden läßt.
Sobald Sie direkt gegen die Sonne fotografieren möchten, um die Vorteile dieser stimmungsvollen Beleuchtungsart auszunutzen, gibt es ein

sehr probates Mittel, Reflexe zu vermeiden: Versuchen Sie, die Sonne einfach hinter einem Detail des Motivs zu »verstecken«, so daß ihre Strahlen das Objektiv nicht direkt treffen können. Damit sparen Sie sich allen Reflexärger, erhalten ein kontrastreiches Bild und kommen voll in den Genuß der Gegenlichtstimmung. Nicht in allen Fällen wird Ihr Motiv zwar diese einfache Möglichkeit bieten, doch oft genug wird Ihnen diser kleine Trick helfen. Lediglich die Standpunktwahl wird durch diese Forderung etwas eingeengt, und man kann den Ausschnitt nicht stets genau so legen, wie man gern möchte. Dennoch scheinen die Vorteile dieses Verfahrens seine Nachteile zu überwiegen.
Bild Seite 74 ist ein typisches Beispiel. Ohne den schützenden Sonnenschirm würde die Sonne direkt in das Objektiv scheinen und den Bildkontrast unweigerlich beträchtlich verringern. Etwas komplizierter ist die Situation bereits bei Bild Seite 76, denn hier stehen nur recht kleine Flächen zur Verfügung, hinter denen sich die Sonne verbergen läßt. Der Trick funktioniert aber auch hier: Die beiden Stämme dieses Joshua-Baumes in der amerikanischen Mojave-Wüste werfen

Solange Sie die Sonne hinter einem geeigneten Motivdetail verstecken, können Sie ungestraft in direktes Gegenlicht fotografieren. Aufnahme mit FD 1:1,4/24 mm L.

Genau hinter den Zweigen dieses Joshua-Baums in der Mojave-Wüste steht die Sonne. Zwar ist damit die Standort- und Ausschnittwahl an gewisse Grenzen gebunden, doch verhilft der Trick zu echten Gegenlichtaufnahmen ohne Reflexe.

Der große Ast eines Joshua-Baums schattet die Sonne in dieser steil nach oben gerichteten Aufnahme so ab, daß ihre Strahlen das Objektiv nicht direkt treffen können. So wird eine Gegenlichtaufnahme möglich, die sogar in der der Sonne abgewandten Seite des Baumes noch volle Zeichnung zuläßt.

ihre Schatten genau symmetrisch auf den Betrachter zu. Und eigentlich sind es diese beiden Schatten, die erst so richtig deutlich werden lassen, daß die Sonne hinter einem der Zweige dieses Baumes verborgen ist, daß es sich also um eine echte Gegenlichtaufnahme handelt.
Bild Seite 77 schließlich stellt den Ast eines solchen Joshua-Baumes direkt gegen die Sonne dar, ohne daß es dieser jedoch gelingt, den Bildkontrast durch direkten Einfall zu mindern. Dabei läßt sich die Belichtung unter günstigen Verhältnissen so abstimmen, daß die dem Betrachter zugekehrte Seite des Baumes noch volle Zeichnung aufweist, der Himmel jedoch trotzdem ausreichend gesättigt ist. Maßgeblich beteiligt ist hieran im vorliegenden Fall der steile Blickwinkel nach oben und die sich daraus automatisch ergebende, stärkere Farbsättigung des Himmels. Mit einer automatisch gesteuerten Kamera sollte die Belichtung um etwa 1 Stufe verlängert werden.

Die offene Sonne

Hoffentlich haben wir mit unserem Kommentar zur versteckten Sonne nicht den Eindruck erweckt, als ließe sich überhaupt nicht in die offene Sonne hinein fotografieren. Denn das wäre nicht richtig. Es geht durchaus, nur eben nicht immer. Wann das der Fall ist, zeigt Ihnen – wie gesagt – der Reflexsucher Ihrer Kamera.
Bild Seite 81 ist wieder einmal eine »Verlegenheitslösung«. Der Abhang, den wir von der Kirche der Seligpreisung zum See Genezareth in Israel hinunterstiefelten, bot so gar nichts Fotografierenswertes. Doch halt – da drüben stand ja eine Distel! Warum sollte man sie eigentlich nicht direkt gegen die Sonnenscheibe stellen? Gedacht, getan. Das Wort »Sonnenscheibe« sagt schon, daß es eine längere Brennweite sein mußte, denn allein diese bildet die Sonne groß genug ab. Nun mit dem FD 1:4/80–200 mm war die Sache gar nicht so schwierig. Von einem tiefen Aufnahmestandpunkt aus gebührender Entfer-

nung ließ sich die Sonnenscheibe recht gut hinter die Distel stellen, wobei die Schärfe natürlich auf dem Vordergrund liegen mußte. Dieser Punkt ist wichtig! Mit einer unscharfen Distel und einer scharfen Sonne könnten Sie nur wenig anfangen. Die Belichtung mußte an der A-1 natürlich von Hand eingestellt werden, denn die relativ große Sonne ließ doch eine Menge Licht direkt ins Objektiv, die das Meßsystem mit Sicherheit »schwarzsehen« lassen mußte. Um hier ein wenig nachzuhelfen, verlängerten wir die Belichtung gegenüber der Anzeige um eine Stufe. Und wozu selbst so eine fade Distel noch gut sein kann, sehen Sie im Bild.
Ganz anders wieder die Situation in Bild Seite 83. Beim Schein der tiefstehenden Sonne rüsten sich die Fischer der griechischen Insel Thassos zum Auslaufen. Kein direkter Vordergrund, nur glitzerndes Wasser. Trotzdem wurde der direkte Schuß in die Sonne riskiert – und diesmal nicht mit einer der Canon-Reflexkameras, sondern mit einer Meßsucherkamera, der Canonet G III 17 QL. Diese kleine und dabei technisch hervorragend ausgestattete Kamera besitzt nicht nur ein

Weit und breit nichts Fotogenes in Sicht – außer einer einfachen Distel am Wegesrand. Vor die Sonnenscheibe gestellt, die das FD 1:4/80–200 mm entsprechend groß abbildet, wird sie es wert, als Motiv im Vorübergehen gepflückt zu werden. Die Belichtung in der A-1 wurde gegenüber der Anzeige um eine Stufe verlängert.

lichtstarkes, sechslinsiges Objektiv, das den FD-Objektiven für unsere Reflexkameras durchaus das Wasser reichen kann, sondern auch eine Belichtungsautomatik mit Verschlußzeitenvorwahl. Und obwohl direkt in die Sonne fotografiert wurde, ließen wir der Automatik ihren Willen, korrigierten die Belichtung also nicht. Der Gründe gab es zwei: Erstens hat das Objektiv der 17 QL nur 40 mm Brennweite, so daß die Sonne nur relativ klein im Bild erscheint und bei kleiner Blende obendrein als Stern abgebildet wird – ebenso wie ihre Reflexe im Wasser übrigens. Sie beeinflußte die Belichtung folglich nicht im gleichen Maße wie die wesentlich größere Sonnenscheibe in Bild Seite 81. Und zweitens machen sich die harten Kontraste der Boote auf dem glitzernden Wasser weitaus günstiger, als wenn die Aufnahme durch längere Belichtung »flauer« gekommen wäre.

Eine Aufnahme mit unkorrigierter Belichtungsautomatik der Canonet G III 17 QL, einer kleinen Meßsucherkamera mit Objektiv 1:1,7/40 mm. Die kurze Brennweite bildet die Sonne nur sehr klein ab, so daß die Belichtung hier bewußt nicht verlängert (korrigiert) wurde, um die klare Absetzung der harten Bootsschatten gegen das glitzernde Wasser zu erreichen.

Gestalten mit dem Sonnenstern

Sollten Sie bei Betrachtung der Bilder auf diesen letzten Seiten glauben, wir hätten mit einem Sterneffektfilter »getrickst«, dann müssen wir Sie leider enttäuschen. Diese Sonnensterne, die immer wieder gern gestalterisch als Bildelemente eingesetzt werden, entstanden auf ganz natürliche Weise. Wie? Nun, einfach durch eine kleine Öffnung.
Wie Sie eine derartig kleine Öffnung zustandebringen, spielt dabei überhaupt keine Rolle. Nehmen wir zunächst den einfachsten Fall: Sie verwenden ein möglichst kurzbrennweitiges Objektiv und blenden es auf eine kleine Öffnung ab.

Wie ein Maschengitter legen sich die Wedel einer Palme vor die Sonne – und bilden damit gewissermaßen ein natürliches Sterneffektfilter. Überlagert wird der Effekt in dieser Aufnahme allerdings durch eine kurze Aufnahmebrennweite und kleine Arbeitsblende. Dessen ungeachtet trägt die sternförmig abgebildete Sonne zur Bildwirkung bei.

An diesem winzigen Loch brechen sich dann die Sonnenstrahlen und erzeugen ohne Ihr weiteres Zutun einen Sterneffekt. Wie wir schon im Bild auf Seite 83 gesehen haben, zeigt sich dieser auch an starken Reflexen, zum Beispiel auf einer Wasserfläche.

Eine zweite Möglichkeit, die wir uns gleichfalls gerne zunutze machen, ist die Erzeugung des Sonnensterns durch ein Löchlein oder einen schmalen Spalt in einem beliebigen Objektdetail, hinter dem man die Sonne versteckt. Diese kleine Öffnung, durch die die Sonne das Objektiv dann nur noch erreichen kann, hat die gleiche Wirkung wie eine kleine Blende in einem kurzbrennweitigen Objektiv. Das heißt, daß sich in diesem Fall der Sonnenstern bequem auch in einer Aufnahme mit längerer Brennweite und größerer Blende erzielen läßt. Ein typisches Beispiel hierfür ist Bild Seite 89, das mit dem FD 1:2,8/

Eine Effektaufnahme, in welcher der durch Brennweite 24 mm und kleine Arbeitsblende erzeugte Sonnenstern bewußt in die Bildkomposition einbezogen wurde. Ohne diesen Sonnenstern wäre die Aufnahme nicht halb so wirkungsvoll ausgefallen. Die vorherige Prüfung im Reflexsucher zeigte, daß keine störenden Reflexe auftraten. Ein annäherndes Gleichgewicht in der Dichte der oberen und unteren Bildhälften wurde durch Vorhalten eines grauen Verlauffilters über die obere Bildhälfte erreicht. Dieses Filter war verantwortlich für die gedämpfte Wiedergabe des Sonnensterns.

200 mm aufgenommen wurde. Ähnliche Effekte können entstehen, wenn die Sonne durch kleine Öffnungen in den Zweigen eines Baumes blinzelt, durch eine Felsspalte oder, wie wir es bereits erlebten, durch ein bei der Aufnahme selbst noch unbemerktes Löchlein im Strahl eines Springbrunnens.

Doch nun noch einige Bemerkungen zu den in diesem Kapitel gezeigten Aufnahmen. Bild Seite 87 ist die einzige, bei der ein Vorsatz verwendet wurde, der allerdings auf die Erzeugung des Sonnensternes selbst keinen Einfluß hatte. Um nämlich so direkt in die Sonne fotografieren zu können, haben wir wieder ein graues Verlauffilter vor das 24-mm-Objektiv gehalten, ohne die auf die Ferne abgestimmte Belichtung zu verlängern. Die Verlaufkante des Filters lag dabei ziemlich hoch, knapp über den Bergen. Das Filter mildert die für den Film sonst nicht mehr zu verarbeitende Helligkeit im oberen Teil des Bildes soweit, daß ein harmonischer und zudem effektvoller Gesamteindruck entsteht. Der Sonnenstern wurde allein durch die kurze Brennweite und eine relativ kleine Arbeitsblende hervorgerufen.

Die letzte Aufnahme schließlich ist ein Produkt des Canon-Fischaugenobjektivs 1:5,6/7,5 mm, und wer schon einmal mit Fischaugenobjektiven fotografiert hat, weiß, daß ein Bildwinkel von vollen 180° mit hoher Wahrscheinlichkeit auch die Sonne in einen Großteil der Aufnahmen einbezieht. Stört das? Ganz im Gegenteil! Es

Eine andere Möglichkeit, ohne jeglichen Effektvorsatz eine strahlenförmige Abbildung der Sonne zu erzielen und diese als gestalterisches Element in die Komposition einzubeziehen: Die Sonne wurde hinter das Kreuz manövriert, so daß sie gerade durch einen schmalen Holzspalt hindurchblinzeln konnte. Dieser Spalt ersetzt die normalerweise bei kurzen Brennweiten und einer kleinen Arbeitsblende erzielte, winzige Öffnung. So läßt sich dieser Effekt mit jeder beliebigen Brennweite nutzen. Die Aufnahme entstand mit dem FD 1:2,8/200 mm.

So etwa würde ein Fisch den Felsendom in Jerusalem wahrnehmen, wäre ihm dieses Spektakel vergönnt. In einer Canon Spiegel-Reflex möglich wurde diese Abbildung durch das Fischaugenobjektiv 1:5,6/ 7,5 mm. Der effektvolle Sonnenstern entstand durch die extrem kurze Brennweite, die schon bei einer mittleren Arbeitsblende nur noch eine winzige Öffnung im Objektiv läßt. Nachdem sich bei einem Bildwinkel von 180° die Sonne in vielen Aufnahmen nicht ausschließen läßt, bietet sich die bewußte Einbeziehung des Sonnensterns als bildwirksames Element geradezu an. Auf diese Weise erhalten Fischaugenaufnahmen fast mühelos einen besonderen Akzent, der den Reiz der ungewohnten perspektivischen Darstellung weiter erhöht.

macht immer wieder Spaß, die Sonne buchstäblich zu suchen und sie als effektvollen Stern in das Bild einzubauen. Dieser Effekt geht beim kreisförmig abbildenden Fischauge soweit, daß sich die Strahlen des Gestirns sogar in das verbleibende Dunkelfeld um das kreisförmige Bildformat von 23 mm Durchmesser hinein fortsetzen – ein Effekt, der höchst gelegen kommt, denn er bringt zusätzlich Leben in das sonst so tote, tiefschwarze Umfeld. Die Blendenreflexe, die gerade bei Fischaugenaufnahmen etwas häufiger auftreten als sonst, sind auch längst keine störenden Begleiterscheinungen mehr. Uns allen sind sie inzwischen vom Berufsfilm her bestens vertraut, und so werden auch sie zum Element der Bildgestaltung.
Es läßt sich also eine Menge anstellen mit der Sonne, nicht nur durch ihre direkte Darstellung im Bild, sondern vor allem durch ein bewußteres Sehen des zauberhaften Zusammenspiels zwischen Licht und Schatten überall um uns her. Ihr Lohn für ein wenig Beobachtung sind bessere Bilder – für den gleichen Preis.

Vorwort zum technischen Anhang

Aufgabe der vwi-Taschenbücher ist es, dem Leser eine lebendige Darstellung verschiedener Anwendungs- bzw. Motivbereiche zu vermitteln. Es wurden deshalb Autoren ausgewählt, die das jeweilige Thema aus einer reichen persönlichen Erfahrung darstellen können. Dabei wurden ganz bewußt rein theoretische Abhandlungen zugunsten einer ausschließlich praxisbezogenen Darstellung vermieden. Je nach Thema oder auch individueller Themenauffassung ist der jeweilige Autor mit unterschiedlicher Gewichtung auch auf die Geräteausstattung, das verwendete Filmmaterial oder auch weiterführende Techniken, wie z. B. die Bildgestaltung im Hobbylabor, eingegangen.
Der Verlag hält es deshalb für eine wertvolle Ergänzung im Interesse einer umfassenden Leserinformation, den anwendungs- und themenbezogenen Ausführungen der Autoren einen ausführlichen, rein produktbezogenen technischen Anhang anzufügen. Dieser technische Anhang gibt am Beispiel von zwei bedeutenden Herstellerfirmen Informationen über Kameras und Objektive sowie Filmmaterialien. Den Abschluß bildet ein kleines Foto-Lexikon, das die wichtigsten Begriffe aus der Foto-Praxis definiert und erläutert.

Canon: Eines der ganz großen Spiegelreflex-Systeme

Einäugige Canon-Spiegelreflexkameras für das Kleinbildformat zählen heute zu den Spitzenreitern auf allen Märkten der Welt. Canon-Kameras und ihre FD-Objektive stehen im Ruf höchster Leistung und Zuverlässigkeit. Mit dieser Zuverlässigkeit erfüllen sie die Anforderungen des Profis, für den Kamera und Objektive letztlich nur ein Werkzeug sind, mit dem er sein Geld verdient. Ein Risiko kann er dabei nicht eingehen. In anderer Hinsicht entspricht das Canon-Programm jedoch voll den Vorstellungen des interessierten Hobbyfotografen: Schon 1976 führte Canon in einem bis dahin unbekannten Ausmaß mit der Vorstellung der AE-1 automatische Fertigungs- und Prüfverfahren ein, die weiten Kreisen hohen Bedienungskomfort zu wahrhaft sensationellen Preisen erschlossen. Die Kamerakonstrukteure in aller Welt mußten umdenken. Immer stärker drangen Elektronik und Automation im Kamerabau vor. Einen neuen »Weltrekord« stellte in dieser Beziehung der Multi-Automat Canon A-1 auf, die erste völlig auf Digitalelektronik basierende einäugige Reflexkamera der Welt.

Mit seinem breiten Angebot hält Canon im wahrsten Sinne des Wortes für jeden etwas bereit. Der Umsteiger auf Spiegelreflex, der sich enttäuscht von der oft recht mittelmäßigen Qualität kleinerer Formate abwendet und in den Genuß des hohen Bedienungskomforts einer einäugigen Reflexkamera kommen möchte, findet ebenso preisgünstigen Anschluß an dieses große Programm wie der Hobbyfotograf, der noch höhere Ansprüche stellt und eine breitere Palette von Anwendungsmöglichkeiten sucht. Selbst der ausgefuchste Hobbyfotograf kann sich mit Kameras wie der AE-1 PROGRAM oder der A-1 voll entfalten, ohne an Grenzen zu stoßen. Für den besonders Anspruchsvollen und den Profi schließlich wird die neue Canon F-1 zur Krönung. Hatte sich die F-1 bereits im vergangenen Jahrzehnt einen Namen als Spitzenkamera höchster Präzision und Widerstandsfähigkeit gemacht, so geht die neue F-1 noch einige Schritte weiter. Eine enorme Vielfalt technischer Möglichkeiten kennzeichnet dieses Canon-Flaggschiff der achtziger Jahre, das zudem noch härter im Nehmen ist als die ursprüngliche F-1. Auf den folgenden Seiten möchten wir Ihnen einen Überblick über dieses hochinteressante Programm geben. Denn leider sind es ja gerade die ausgereiften, umfassenden Systeme, deren Vielfalt von Ausstattungsmöglichkeiten manchmal zunächst verwirrt. Sollen Sie sich nun für einen Zeitautomaten entscheiden, einen Blendenautomaten oder einen Mehrfachautomaten? Die Antwort hierauf können im Grunde

Der Blick in die A-1 zeigt die Konstruktionsmerkmale und die Anordnung der elektronischen Bauteile. Faszinierend zu sehen, was auf kleinstem Raum integriert werden konnte.

nur Sie selbst geben, denn Sie allein wissen, wieviel Geld Sie anlegen möchten oder können, welche Art der Fotografie Sie besonders interessiert und wie hoch Ihre Ansprüche an den Bedienungskomfort einerseits und die Vielseitigkeit des Aufnahmegeräts andererseits sind. Welche der einzelnen Betriebsarten die verschiedenen Kameramodelle bieten, finden Sie unter der jeweiligen Modellbezeichnung. An dieser Stelle möchten wir Ihnen kurz die Besonderheiten der einzelnen Formen der Belichtungsautomatik erläutern.

Programmautomatik. Sie ist – wenn Sie so wollen – das »automatischste« aller Automatikprogramme. Denn hier mischt die Ka-

mera ohne Ihr weiteres Zutun Blende und Verschlußzeit, die beiden Komponenten zur Steuerung der Belichtung. Das Belichtungsprogramm ist so ausgelegt, daß sich praxisgerechte Kombinationen ergeben.

Blendenautomatik. Hier wählen Sie die Verschlußzeit vor, und die Kamera steuert automatisch eine dazu passende Blende ein. Dies bewährt sich insbesondere bei Schnappschüssen, Sportaufnahmen und in all jenen Situationen,

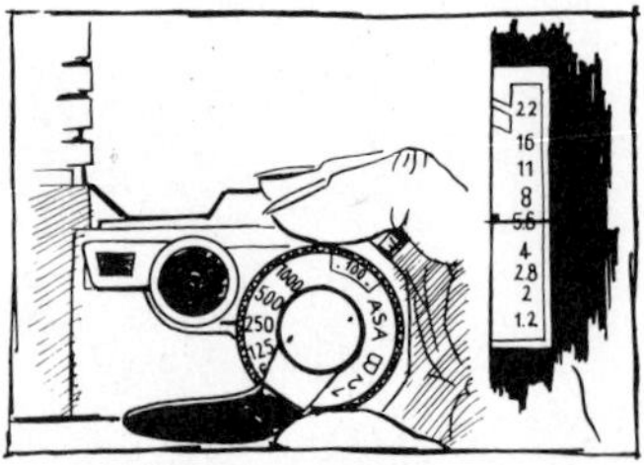

in denen die feste Verschlußzeit für eine genau dosierte Wiedergabe der Bewegung wichtig ist.

Zeitautomatik. Ein Zeitautomat erwartet von Ihnen die Vorwahl der Blende, zu der er stufenlos eine passende Verschlußzeit

einsteuert. Die manuelle Kontrolle über eine der beiden Komponenten läßt Sie blitzschnell eine gewünschte Kombination herbeiführen.

Mehrfachautomatik. Hier können Sie je nach Lage der Dinge wählen zwischen automatischer Steuerung der Blende, der Verschlußzeit oder auch beider Komponenten (Programmautomatik)!

Canon AV-1 –
Der Zeitautomat zum Umsteigen auf Spiegelreflex

Der preiswerte Einstieg ins große Canon-Reflexsystem, mit einem elektronisch gesteuerten Tuch-Schlitzverschluß für automatisch gebildete Zeiten von 2 s bis 1/1000 s und B. Die Anzeige der automatisch eingestellten Verschlußzeit im Sucher macht die AV-1 voll »brennweitentauglich«: Selbst mit dieser preiswerten Kamera lassen sich langbrennweitige Objektive unbeschadet aus der Hand einsetzen, denn stets haben Sie eine genaue Kontrolle über die zum Einsatz kommende Verschlußzeit, die bei langen Brennweiten zur Vermeidung von Verwacklungsunschärfe besonders wichtig ist. Auf Wunsch nimmt Ihnen ein Mini-Motor (Winder) den Filmtransport ab, und jedes Canon-Speedlite schaltet die Kamera bei Zündbereitschaft automatisch auf die Synchronzeit 1/60 s. Damit sind bequem automatische Computer-Blitzaufnahmen möglich.
Eine echte Reflex, die Schluß macht mit Parallaxensorgen und angeschnittenen Köpfen, die Ihnen zu einem vernünftigen Preis Vielseitigkeit, hohen Bedienungskomfort und eine Qualität bietet, wie sie dem Namen Canon entspricht.

Der preiswerteste Einstieg in das Canon-Reflexsystem

Canon AL-1 –
Der Zeitautomat mit Quick Focus für sicheres und schnelles Scharfeinstellen

So unumstritten die Vorteile des Reflexsuchers sind – es gibt eine ganze Reihe von Fotografen, denen ein persönlicher Augenfehler oder ganz einfach mangelnde Gewöhnung Schwierigkeiten bei der Scharfeinstellung im Sucher bieten. Wer immer die Vorteile modernster Opto-Elektronik für die Scharfeinstellung nutzen möchte, findet die geeignete Reflexkamera in der Canon AL-1. Das Sucherbild dieser Kamera weist nicht mehr die bekannten Einstellhilfen auf, sondern nur noch ein rechteckiges Meßfeld für eine opto-elektronische Einstellhilfe neuen Typus': Unter dem Sucherbild signalisiert eine grüne Leuchtdiode präzise Einstellung. Ist zur Erreichung dieser Stellung eine Drehung des Entfernungsrings nach rechts oder links erforderlich, leuchtet ein entsprechender roter, nach rechts oder links gerichteter Pfeil auf. Die Zeitautomatik der AL-1 erfaßt den Bereich von $1/1000$ s bis 2 s stufenlos. Zudem gestattet die Kamera die Einstellung der Festzeiten von $1/15$ s bis $1/1000$ s. Auch die AL-1 ist voll in das Canon-Zubehörsystem integriert. Winder-Anschluß und Blitzautomatik sind selbstverständlich.

So einfach wie eine Verkehrsampel.
Grünes Licht für scharfe Fotos

Canon AE-1 –
Der Blendenautomat für den anspruchsvollen Amateur

Die erste Kleinbild-Reflexkamera der Welt, die je mit einem Mikrocomputer ausgestattet wurde. Eine Verkaufsziffer von über 5 Millionen Stück hat die AE-1 zur meistverkauften einäugigen Reflex der Welt gemacht. Ihr elektronisch gesteuerter Tuch-Schlitzverschluß bietet Festzeiten von 2 s bis $^1/_{1000}$ s und B. Die Blende wird automatisch nachgeführt und im Sucher auf einer Skala angezeigt. Für Belichtungskorrekturen besitzt die AE-1 nicht nur eine Gegenlichttaste, sondern sie gestattet auch die Abschaltung der Automatik. Mit jedem Canon-Speedlite sind automatische Blitzaufnahmen möglich, bei denen sowohl die Verschlußzeit als auch die Programmblende automatisch eingesteuert wird. Der Winder A bzw. A2 übernimmt gegebenenfalls den automatischen Filmtransport, entweder für Einzelaufnahmen oder für Reihenaufnahmen mit bis zu 2 B/s.

Die ideale Allround-Kamera für den Hobbyfotografen, der eine flexible und zuverlässige Belichtungsautomatik sucht. Eine vollwertige Systemkamera, die mit dem größten Teil des Zubehörs im Canon-Programm einsetzbar ist.

Mit über 5 Millionen Exemplaren die erfolgreichste Reflexkamera der Welt

Canon AE-1 PROGRAM – Der Programm- und Blendenautomat für Einsteiger und Fortgeschrittene

Die »Super-AE-1« mit beträchtlich erweiterter Ausstattung. Durch ihre Programmautomatik spricht sie den qualitätsbewußten Hobbyfotografen, der ohne technisches Engagement einfach gute Bilder machen möchte, ebenso an wie den engagierten Amateur, der die Beeinflußbarkeit der Blendenautomatik schätzt. Ein weiter verbesserter, superheller Sucher weist eine Laser-Mattscheibe auf und zeigt Ihnen die automatisch gewählte Arbeitsblende – und nur diese eine – in Leuchtziffern an, bei Blitzautomatik die Blitzbereitschaft durch ϟ-Symbol plus Blitzblende. Ein neuer nicht abdunkelnder Schnittbildindikator bleibt auch bei wesentlich kleineren Blenden als bisher noch einsetzbar. Buchstäblich nur ein Handgriff genügt zum Auswechseln der insges. 8 verschiedenen Sucherscheiben – darunter eine mit „Kreuzschnittbild"-Indikator. Zur Belichtungskorrektur kann der Meßwert gespeichert werden. Der neue Winder A2 hat einen Fernsteuerungsanschluß. Mit Motorantrieb MA schafft die AE-1 P bis zu 4 B/s – gegebenenfalls auch ferngesteuert. Auch der Winder A ist ansetzbar.

Die konsequente Weiterentwicklung der erfolgreichsten Reflexkamera der Welt

Canon A-1 –
Der Mehrfachautomat für alle Arten der automatischen und manuellen Fotografie

Die hochentwickelte elektronische Kamera mit allen Schikanen: Blendenautomatik, Offenblenden-Zeitautomatik, Arbeitsblenden-Zeitautomatik, Programmautomatik und Blitzautomatik – ganz nach Aufgabengebiet oder Situation einstellbar. Dazu der erste Reflexsucher mit alphanumerischer Leuchtdiodenanzeige: In deutlich lesbaren Ziffern und Buchstaben erscheinen sämtliche nur denkbaren Aufnahmedaten und Warnungen beim Antippen des Zweistufen-Auslösers unter dem Sucherrahmen, in ihrer Helligkeit automatisch den Lichtverhältnissen angepaßt. Stufenlos und in den üblichen Festwerten steuert der elektronische Tuch-Schlitzverschluß Zeiten von vollen 30 s bis 1/1000 s und B bei. Drei Motorvarianten stehen zur Verfügung: Winder A, A2 und Motorantrieb MA mit einer höchsten Aufnahmefrequenz von fünf Bildern in der Sekunde. Das – mit Ausnahme der AV-1 – für alle Canon A-Kameras verwendbare Datenrückteil A macht auch die A-1 zu einer Kalender- oder aber Registrierkamera für Anwendungen im wissenschaftlichen und technischen Bereich.

Ein unabhängiges Testinstitut nannte sie ein Wunderwerk an Technik und Präzision

Die neue Canon F-1 –
Das unverwüstliche Werkzeug des Profis

Seit gut einem Jahrzehnt gilt die Spitzenkamera im Canon-Reflexprogramm unter der Bezeichnung F-1 als ebenso präzises wie vielseitiges und zuverlässiges Werkzeug des Fotografen. Allein die Tatsache, daß diese Kamera 10 Jahre ohne wesentliche Änderung gebaut und vertrieben wurde, ist ein Beweis dafür, wie vorausschauend ihre Konstruktion war und mit welcher Perfektion sie alle in sie gestellten Erwartungen erfüllte. Nach 10 »Dienstjahren« wurde diese inzwischen legendäre Kamera durch eine völlige Neukonstruktion abgelöst, welche die bewährte Tradition unter der gleichen Bezeichnung fortsetzt, jedoch all jene modernen Konstruktionselemente einbringt, die der technische Fortschritt inzwischen möglich gemacht hat.

In ihrer Grundausstattung ist die neue F-1 eine Kamera mit Nachführmessung und Analoganzeige der Blende im Sucher. Canon ist dabei von der Überlegung ausgegangen, daß ein Benutzer dieser Spitzenkamera in jedem Fall genau weiß, was er tut. Er wird die technischen Aspekte der Fotografie beherrschen und meist sämtliche Komponenten zur Belichtungssteuerung fest in der Hand behalten, um sie ganz nach seinen Vorstellungen einzusetzen. Die zweite Überlegung ist, daß eine für diesen ungewöhnlich anspruchsvollen Benutzerkreis geschaffene Kamera selbst extreme Einsatzbedingungen überhaupt nicht zur Kenntnis nehmen darf, daß sie bei hoher Feuchtigkeit ebenso zuverlässig funktionieren muß wie bei sehr niedrigen Temperaturen. Allen diesen Anforderungen wird die neue F-1 in einem noch höheren Maße gerecht als die bisherige Ausführung. Auch aus diesem Grunde hat Canon die Elektronik in der neuen F-1 bewußt nur in dem Umfang eingesetzt, in dem sie derartig extremen Einsatzbedingungen gewachsen ist. Selbst hier waren neue konstruktive und fertigungstechnische Lösungen erforderlich.

Doch nun zu den technischen Details: Das Herz der neuen F-1 ist ein Hybridverschluß aus hauchdünner Titanfolie, der garantiert 100000 Belichtungen unbeschadet aushält. Die Bezeichnung »Hybrid« deutet bereits auf die sinnvolle Mischung von Mechanik und Elektronik hin. Von 1/2000 s bis zu 1/90 s wird dieser Verschluß mit hoher Genauigkeit mechanisch gesteuert. So sind diese Zeiten einschließlich B selbst ohne Batterie einsetzbar – ein für den Profi ganz wichtiges Kriterium. Von 1/60 s bis zu 8 s erfolgt die Verschlußsteuerung elektronisch, denn bei den längeren Zeiten ist die Mechanik weniger genau. Zudem kann man auf diese Zeiten in einem Notfall meist verzichten. Die Vorhanggeschwindigkeit des Verschlusses wurde erhöht, so daß die X-

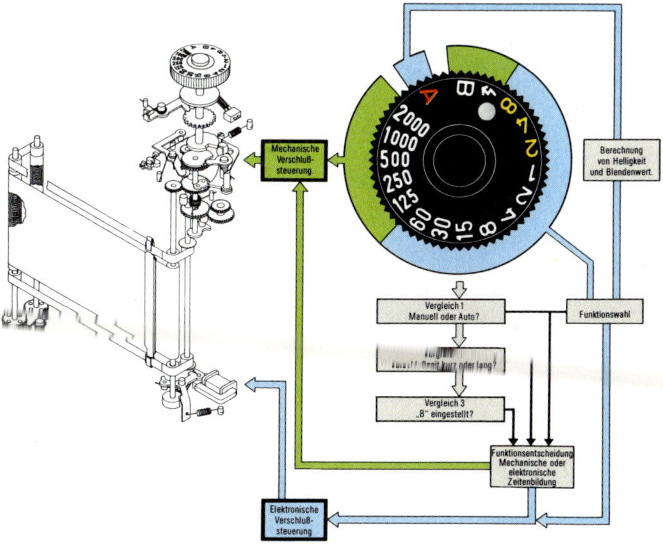

Funktionsfähig auch bei Stromausfall ist der elektromechanische Hybrid-Verschluß der neuen Canon F-1. Die kurzen Zeiten werden mechanisch, die langen Zeiten elektronisch gesteuert. Der Titan-Schlitzverschluß wird durch Scheibenbremsen prellfrei abgebremst.

Synchronzeit nunmehr $^{1}/_{90}$ s beträgt.
Trotz der mechanisch gesteuerten Kurzzeiten arbeitet die Kamera mit einem elektromagnetischen Zweistufen-Auslöser, der erst bei Entnahme der Batterie zu einem mechanischen Auslöser wird. Ein leichter Druck auf den Auslöser schaltet das Meßsystem ein. Auf Wunsch kann diese Einschaltung über einen eingebauten Timer für 16 s aufrechterhalten werden. Ferner besteht die Möglichkeit, die Sucherdaten für die gleiche Dauer automatisch zu beleuchten.
Die Meßzelle – eine Silicium-Fotodiode – ist fest im Kameragehäuse eingebaut und gestattet die Innenmessung mit jedem der fünf Wechselsucher. Die gleichfalls auswechselbaren Einstellscheiben – 32 verschiedene Ausführungen – basieren auf einer neuen Art der Teilverspiegelung und werden nach dem Laser-Verfahren hergestellt. Durch Auswechseln dieser Scheiben ist auch eine Umstellung zwischen drei verschiedenen Meßcharakteristika möglich: stark mittenbetonte Integralmessung, die teilselektive Messung (12%) der bisherigen F-1 und Spotmessung über 3% des Bildfelds.

Durch Ansetzen eines Power Winders AE FN oder des Motorantriebs AE FN wird die Kamera zusätzlich zu einem Blendenautomaten. Wechseln Sie den serienmäßigen Prismensucher FN gegen einen Automatik-Sucher FN, so kommt die Möglichkeit der Offenblenden- und Arbeitsblenden-Zeitautomatik hinzu, die auch mit diesem Sucher allein, d.h. ohne Motorisierung, gegeben ist. Beide Prismensucher gestatten mit allen Canon-Speedlites automatische Blitzaufnahmen. Und selbstverständlich gibt es auch für diese Kamera weiteres Spezialzubehör, dessen Aufzählung und Erläuterung jedoch den Rahmen dieser Kurzbeschreibung sprengen würde.

Bei dieser Kamera halten selbst Profis den Atem an

Original Canon Wechselobjektive-
Es gibt keine besseren für Ihre Canon-Reflex

Ein Ausschnitt aus dem Original-Canon-Objektiv-Programm mit über 50 verschiedenen Objektiven, vom 7,5-mm-Fisheye bis zum 1200 mm Supertele.

Die Canon-Wechselobjektive

Eine Canon-Reflexkamera ist ein hervorragendes Aufnahmegerät. Und doch, genaugenommen, ist die Kamera selbst eigentlich nur eine Hälfte, wenn auch eine außerordentlich wichtige. Mindestens ebenso wichtig ist das optische System, das über die Qualität des in dieser Kamera entstehenden Bildes entscheidet. Und hier lohnt es sich, aufzupassen. Denn was nützt Ihnen die vielseitigste und präziseste Kamera, wenn eben dieses optische System ein Bild von nur mittelmäßiger Qualität entwirft? Dann wird die gesamte Aufnahmeeinheit »mittelmäßig«, und Ihre Umsicht beim Kauf der Kamera war völlig vergebens.

Solange Sie beim Kauf Ihrer Objektive streng darauf achten, daß es sich dabei um die Originalprodukte von Canon handelt, kann Ihnen dies allerdings nicht passieren. Denn Canon-FD-Objektive gelten in aller Welt als echte Spitzenerzeugnisse. Und wenn Sie einmal verfolgt haben, was unabhängige Tester über diese Systeme zu sagen haben, dann wird Ihnen aufgefallen sein, wie einhellig berufene Fachleute diesen Objektiven immer wieder höchstes Lob zollen.

Ganz leicht macht Ihnen Canon die Wahl allerdings nicht, denn immerhin gibt es bereits über 50 Objektive für Ihre Canon-Reflexkamera. Hier zeigt sich, wie umsichtig Sie Ihre Wahl trafen, als Sie eine Canon-Kamera kauften. Mit Sicherheit werden Sie nämlich im großen Canon-Programm das richtige Objektiv für Ihren Geldbeutel und Ihre Art der Fotografie finden. Sie werden nie in die Verlegenheit kommen, sich nach anderen Objektivtypen umzuschauen und womöglich mit beträchtlichen Zugeständnissen an die Abbildungsleistung zufrieden zu geben.

Daß Sie es mit Ihrer einäugigen Reflexkamera nicht bei einem einzigen Objektiv – gewöhnlich der Normalbrennweite – bewenden lassen, darf sicher als Voraussetzung gelten. Denn die größte Stärke einer solchen Kamera ist es ja gerade, daß ihre Objektive dank des verschleißfreien Canon-Bajonetts in Sekundenschnelle ausgewechselt werden können. Und damit liegt die ganze Vielfalt optischer Gestaltungsmöglichkeiten vor Ihnen. Mit einem Weitwinkelobjektiv bringen Sie nicht einfach »mehr aufs Bild«, sondern können bei geeigneter Standpunktwahl auch eine völlig andere Perspektive erzielen, als sie z. B. mit dem Normalobjektiv möglich ist. Kurze Brennweiten und große Bildwinkel übertreiben die Größenunterschiede zwischen Vordergrund und Hintergrund. So schaffen sie Tiefe im Bild, können bei geschickter Anwendung zwingende Plastik erzeugen. Eine längere Brennweite wiederum tut genau das Gegenteil: Sie verhilft Ihnen nicht nur zur relativen Großabbildung weiter entfernter Objekte, sondern sie ebnet auch die Tiefe im Bild ein. Vordergrund und Hintergrund rücken enger aufeinander, die Größenverhältnisse beider werden einander angeglichen. Sie sehen, Objektive unterschiedlicher Brennweite ha-

Typ/Bezeichnung	Bildwinkel
Fischaugen-Objektive	
1 : 5,6/7,5 mm	180°
FD 1 : 2,8/15 mm	180°
Superweitwinkel-Objektive	
FD 1 : 4/17 mm	104°
FD 1 : 2,8/20 mm	94°
Weitwinkel-Objektive	
FD 1 : 1,4/24 mm L	84°
FD 1 : 2/24 mm	84°
FD 1 : 2,8/24 mm	84°
FD 1 : 2/28 mm	75°
FD 1 : 2,8/28 mm	75°
FD 1 : 2/35 mm	63°
FD 1 : 2,8/35 mm	63°
Normalobjektive	
FD 1 : 1,2/50 mm L	46°
FD 1 : 1,2/50 mm	46°
FD 1 : 1,4/50 mm	46°
FD 1 : 1,8/50 mm	46°
Tele-Objektive	
FD 1 : 1,2/85 mm L	28°30′
FD 1 : 1,8/85 mm	28°30′
FD 1 : 2/100 mm	24°
FD 1 : 2,8/100 mm	24°
FD 1 : 2/135 mm	18°
FD 1 : 2,8/135 mm	18°
FD 1 : 3,5/135 mm	18°
FD 1 : 2,8/200 mm	12°
FD 1 : 4/200 mm	12°
FD 1 : 2,8/300 mm L	8°15′
FD 1 : 4/300 mm L	8°15′
FD 1 : 4/300 mm	8°15′

Typ/Bezeichnung	Bildwinkel
FD 1 : 5,6/300 mm	8°15′
Fernobjektive	
FD 1 : 2,8/400 mm L	6°10′
FD 1 : 4,5/400 mm	6°10′
FD 1 : 4,5/500 mm L	5°
RL 1 : 8/500 mm	5°
FD 1 : 4,5/600 mm	4°10′
FD 1 : 5,6/800 mm L	3°6′
FL 1 : 11/1200 mm SSC	2°5′
Vario-Objektive	
FD 1 : 3,5/24-35 mm L	84°-63°
FD 1 : 3,5/28-50 mm	75°-46°
FD 1 : 2,8-3,5/35-70 mm	63°-34°
FD 1 : 4/35-70 mm	63°-34°
FD 1 : 4/35-70 mm AF	63°-34°
FD 1 : 3,5/35-105 mm	63°-23°20′
FD 1 : 3,5/50-135 mm	48°-18°
FD 1 : 4,5/70-150 mm	34°-16°20′
FD 1 : 4/70-210 mm	34°-11°45′
FD 1 : 4/80-200 mm	30°-12°
FD 1 : 5,6/100-200 mm	24°-12°
FD 1 : 5,6/100-300 mm	24°-8°15′
FD 1 : 4,5/85-300 mm	28°30′-8°15′
Makro-Objektive	
FD 1 : 3,5/50 mm Makro	46°
FD 1 : 4/100 mm Makro	24°
FD 1 : 4/200 mm Makro	12°
Shift-Objektiv	
TS 1 : 2,8/35 mm SSC	63°-79°
Lupenobjektive	
Lupenobjektiv 1 : 3,5/20 mm	–
Lupenobjektiv 1 : 2,8/35 mm	–

ben eine viel wichtigere Aufgabe als lediglich den Bildausschnitt von einem bestimmten Standpunkt aus zu bestimmen. Sie dienen vielmehr dazu, Ihre Bilder optisch zu gestalten, Ihre Motive so »zurechtzurücken«, daß sie die von Ihnen angestrebte Aussage erhalten.

Natürlich gibt es auch zahlreiche Spezialaufgaben, die sich heute mit einer einäugigen Reflexkamera fast spielend lösen lassen. Denken wir nur an das vielleicht nächstliegende Beispiel, die Nahaufnahme. Erst der Reflexsucher mit seiner Parallaxenfreiheit und präzisen Scharfeinstellung hat uns diesen faszinierenden Motivbereich überhaupt erschlossen.

Mit einem Makro-Objektiv, zum Beispiel, fotografieren Sie ebenso selbstverständlich – und mit höchster Bildqualität! – im Fernbereich wie auf Entfernungen bis zu runden 23 cm von der Filmebene. Eine einzige Drehung am Entfernungsring legt alle nur denkbaren Motive in diesem riesigen Bereich problemlos, ohne Zubehör, in Ihren Schoß.

Oder nehmen wir Vario-Objektive, die Ihnen gleich einen ganzen Packen Brennweiten in einem einzigen System bieten – und stufenlos einstellbar dazu. Erst der Einsatz verschiedener Brennweiten und Objektivtypen macht den ganzen Spaß der Reflexfotografie aus. Man muß es ausprobiert haben, wie schon ein Blick durch den Sucher die Welt in neuen Proportionen zeigt, wie leicht aus dem »Abfotografieren« ein Gestalten werden kann.

Canon-Systemzubehör

Ob Sie ein Filter brauchen, das die hohe Leistung Ihrer FD-Objektive garantiert nicht schmälert, ein Blitzgerät oder ein Nahzubehör – im Canon-Programm finden Sie es in vielen Abstufungen, so daß es nicht schwerfällt, eine ganz auf die persönlichen Bedürfnisse abgestimmte Ausrüstung »maßzuschneidern«. Nachstehend eine Kurzbeschreibung einiger der besonders interessanten Positionen des Canon-Zubehörprogramms.

Winder

(motorischer Schnellaufzug)

Für jede der Canon-Reflexkameras gibt es einen Winder, der Sie in Sekundenschnelle wieder schußbereit macht – ein entscheidender Vorteil für lebensechte Schnappschüsse. Gerade der schnelle Nachschuß ist es, der oft ein weitaus natürlicheres Bild einfängt, wenn sich das Modell bereits entspannt hat. Darüber hinaus gibt Ihnen ein Winder auch die Möglichkeit der Reihenaufnahme mit bis zu zwei Bildern in der Sekunde. Während der Winder A – an allen A-Modellen einsetzbar – keine getrennte Einzelbild- und Serienbildschaltung hat, die Bildfrequenz wird durch die Länge des Auslöserdrucks bestimmt, bietet der Winder A2 bei Einsatz mit den SLR Canon AE-1 PROGRAM und A-1 diesen Vorteil, nicht zuletzt erforderlich aufgrund der möglichen Fernsteuerung wie beim Motorantrieb MA.

Motorantrieb MA

An der Canon A-1 leistet dieser professionelle Motorantrieb bis zu 5 B/s, an der AE-1 PROGRAM bis zu 4 B/s. Für unverkrampfte Hochformataufnahmen bieten die beiden Spannungsquellen – das Batterieteil MA bzw. das wiederaufladbare NC-Teil MA – einen zusätzlichen Zweistufen-Auslöser. Ein getrennter Anschluß (den auch der Winder A2 besitzt) gestattet die Fernsteuerung der Kamera über Kabel oder drahtlos mit der Infrarot-Fernsteuerung LC-1, die eine Reichweite bis zu 60 m hat.

Motorantrieb AE FN

Das Hochleistungssystem für die neue F-1. Mit drei wechselbaren Energieteilen, Bildfrequenzen bis max. 5 Bilder/s, motorischer Filmrückspulung. Und es bringt der Kamera die Blendenautomatiksteuerung (wie der Winder AE FN). Ebenso wie der MA-Motor fernsteuerbar und mit zusätzlichen Zweistufenauslösern (einer für unverkrampfte Hochformataufnahmen) ausgestattet, u. a. m.

Canon-Elektronenblitzgeräte

Neun Canon-Speedlites, vom einfacheren Modell 011A oder 155A bis zu den professionellen Stabblitzgeräten 533G und 577G, bieten Leitzahlen von 14 bis hinauf zu 48 für 21 DIN. Mit allen Canon-Reflexkameras gestatten sie automatische Computer-Blitzaufnahmen und schalten die Kameras bei Zündbereitschaft automatisch auf die Synchronzeit um. An Kameramodellen, die den Betrieb mit Blendenautomatik gestatten, sind auch besondere automatische Blitzaufnahmen möglich, bei denen sowohl die Synchronzeit als auch die Programmblende bei Zündbereitschaft automatisch eingestellt wird.

Datierrückteil

Mit Ausnahme der Canon AV-1 gibt es für sämtliche Canon-Reflex-Kameras ein Datierrückteil, das über ein eingebautes Mini-Blitzgerät das Aufnahmedatum in Form von Tag, Monat und Jahr in die rechte untere Bildecke einbelichtet. Außerdem bietet es eine Kombination von Buchstaben und römischen Zahlen, so daß sich für Klassifizierungszwecke auch ein Code in die Bilder einbelichten läßt.

Automatik-Balgengerät

Dieses präzise und vielseitige Nahaufnahmezubehör ist das Herz des Canon-Makrosystems. Stufenlos erfaßt es den Bereich der Auszugsverlängerung von 39 mm bis 175 mm. Seine Objektivstandarte ist für Aufnahmen in Retrostellung der Objektive umkehrbar. Mit einem Doppeldrahtauslöser bleibt die Springblendenkupplung der Objektive auch in Retrostellung erhalten. Ein Einstellschlitten gestattet die bequeme Feinfokussierung der gesamten Aufnahmeeinheit ohne Änderung des Abbildungsmaßstabs.
Wer nicht gleich mit einem Balgengerät einsteigen möchte, findet im Programm auch Zwischenringe verschiedenster Ausführungen und Längen.

Sonstiges

Aus dem noch weitaus umfassenderen Programm wären noch die Geräte für Dia- und Filmkopie sowie Reproduktion zu nennen.

Die richtige Filmwahl

Farbig zu fotografieren ist heute zur Selbstverständlichkeit geworden, Anfängern bereitet nur die Unterscheidung zwischen Dia- und Negativfilmen oftmals Schwierigkeiten. Aber auch mancher ambitionierte Amateur weiß nicht, daß es noch ein reichhaltiges Sortiment an Schwarzweißfilmen – darunter auch Spezialmaterialien – gibt; es wird dann besonders interessant, wenn man sein Fotohobby vollkommen betreiben möchte: mit eigener Dunkelkammer. Die Auswahl des richtigen Films kann daher durchaus Fragen aufwerfen, die hier am Beispiel des Film-Angebots von Agfa-Gevaert erörtert werden sollen.

Agfa-Gevaert stellt nämlich ein großes Sortiment an Farb- und Schwarzweißfilmen her und verfügt über reiche Erfahrungen in der Fabrikation von Fotomaterialien, die dem Anwender zugute kommen.

Die Farbe dominiert – befassen wir uns in diesem Überblick daher zunächst mit den Farbfilmen und hier lautet, wie gesagt, die Vorfrage:

Dia- oder Negativfilm?

Früher war die Unterscheidung einfach, nämlich nach dem Endprodukt, dem Projektionsdiapositiv vom Diafilm oder dem Papierbild vom Negativfilm. Die technische Weiterentwicklung verwischte die Grenzen, denn heute erhält man sowohl vom Negativ wie auch vom Dia farbige Kopien und Vergrößerungen.

Von der Dunkelkammerarbeit her sind beide Arbeitsgänge einfach, und die Endergebnisse sind kaum mehr zu unterscheiden. Wir wollen uns hier jedoch nicht um eine Beantwortung der eingangs gestellten Frage herumdrücken, sondern vielmehr kritisch an die trotzdem bestehenden feinen Unterschiede herangehen.

Anspruchsvolle Fotografen entscheiden durchaus beim Filmkauf nach dem späteren hauptsächlichen Verwendungszweck ihrer Aufnahmen und wählen daher für optimale Farbvergrößerungen oder auch für preiswerte »Verschenkkopien« den Farbnegativfilm. Sie entscheiden sich dagegen für den Diafilm, wenn sie preiswert Diaserien aufnehmen wollen oder das strahlende Bild auf der Leinwand vorziehen – es ist noch immer das schönste Erlebnis in der Farbfotografie!...

Warum sind Vergrößerungen vom Negativ optimal? Aus zwei Gründen:

Einmal sind die Gradationen von Negativfilm und Farbpositivpapier – wie wir es hier im Unterschied zum Farbumkehrpapier einmal nennen wollen – etwas besser aufeinander abstimmbar als bei der Kombination Dia/Umkehrpapier. Außerdem ist die

Die folgenden Abbildungen zeigen in nicht textgebundener Reihenfolge das aktuelle Agfa-Filmprogramm

Das Programm umfaßt Negativ- und Diafilme für Color und Schwarzweiß.

Farbwiedergabe im ersteren Fall dank der Farbmaskierung reiner und exakter. Das gilt allerdings nur beim Anlegen kritischer Maßstäbe – aber Canon-Fotografen sind ja kritische Leute?

Dazu einige Erklärungen:

Jedes Diapositiv muß in der Projektion das beste Bild ergeben, das heißt, brillante Kontraste und Farben aufweisen. Daher arbeitet der Dia- oder Umkehrfilm – so genannt, weil er während der Verarbeitung zum Positiv »umgekehrt« wird – kontrastreicher. Er hat eine steilere Gradation als der Negativfilm. Zwar ist das Umkehrpapier, wie zum Beispiel *Agfachrome PE,* auf die vergleichsweise härteren Kontraste des Dias abgestimmt, jedoch nur im gewissen Rahmen, denn das Papierbild vom Dia darf ja nicht flau wirken. So gibt es noch manche Probleme beim Kopieren und Vergrößern zu kontrastreicher Dias, also zum Beispiel von Gegenlichtaufnahmen, aber auch überbelichtete Dias sind im Kopierprozeß kaum mehr zu »retten«. Anders dagegen beim Negativfilm: Ein modernes Material wie der *Agfacolor CNS 400* verkraftet bis zu drei Blendenstufen Überbelichtung, d.h., solche Fehlbelichtungen können im Kopierprozeß noch gut ausgeglichen werden. Hier liegen also die Vorzüge des Gespanns Negativfilm/Colorpapier. Wir wollen aber umgekehrt einen Vorteil der anderen Film-Papier-Kombination nicht unerwähnt lassen, der sich gerade in der eigenen Dunkelkammer zeigt:
Das Diapositiv ist in seinen Farben und Helligkeitswerten eben ein Positiv und daher als Kopiervorlage der beste Vergleichsmaßstab, um danach die Vergrößerung abzustimmen. Etwaige Farbstiche, wie sie bei unterschiedlichen Beleuchtungsfarben oder bunten Reflexen vom Farbfilm objektiv registriert werden, lassen sich im positiven Bild leichter erkennen und dann ausfiltern. Entsprechende Maßnahmen verlangen beim Negativ schon mehr

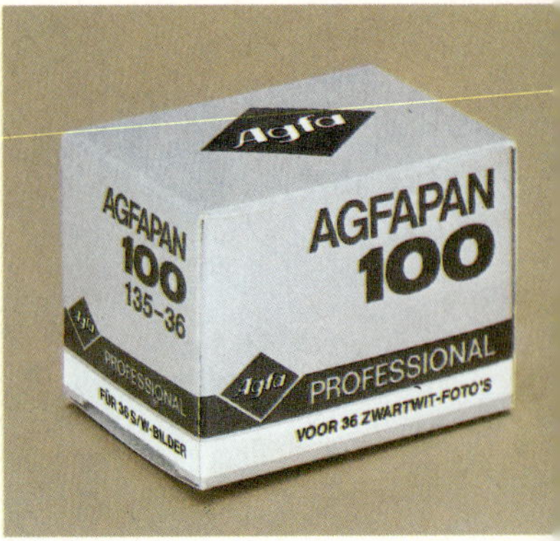

Erfahrungen mit dem farblich »vertauschten« Bildeindruck und auch mehr Probekopien.

Das zweite Argument für die etwas bessere Bildqualität vom Farbnegativ ist die Maskierung. Auch sie ist heute selbstverständlich – unmaskierte Farbnegativfilme werden nicht mehr hergestellt. Und nur die alten Hasen unter den Fotografen erinnern sich noch daran, wie das unmaskierte Negativ zum Beispiel vom Agfacolor CN 17 Universalfilm aussah, nämlich mehr oder weniger klar am Rand und in den hellen Stellen mit deutlich unterscheidbaren Komplementärfarben.

Heute sind wir die rötlich-orangefarbenen Negative gewöhnt, und gerade dieser Farbeindruck wird durch die Maskierung hervorgerufen. Sie besteht aus zwei in die Filmschichten »eingebauten Positiven«, genauer gesagt: einem schwachgelben Positivbild im purpurfarbenen und einem schwachroten im blaugrünen Negativteilbild. Beide sehen zusammen in der Durchsicht betrachtet mehr oder weniger rot-orange aus. Diese Teilpositive wirken im Kopierprozeß wie Filter und gleichen so Farbunreinheiten aus, wie sie trotz des hohen Standes der Fotochemie auch den Farbstoffen moderner Filme noch als unvermeidbar von Hause aus innewohnen. Ihre Farbstoffe sind leider noch nicht ganz ideal und haben – wie es der Fachmann nennt – sogenannte Nebendichten in anderen Farben als den Schichtfarbstoffen. Ohne Farbmasken würden gelbe Farben in der Kopie zu hell, blaue zu dunkel, grüne zu blau wiedergegeben – um nur einige Mängel zu nennen. Diafilme können verständlicherweise, weil sie in erster Linie für die Projektion bestimmt sind, nicht maskiert werden; bei ihnen waren daher andere Maßnahmen erforderlich, um die Farbwiedergabe so zu verbessern, wie sie die heutigen Agfachrome Filme zeigen. Hinzu kommen die optischen – oder besser: physiologischen – Verhältnisse bei der Diavorführung, wo das leuchtende

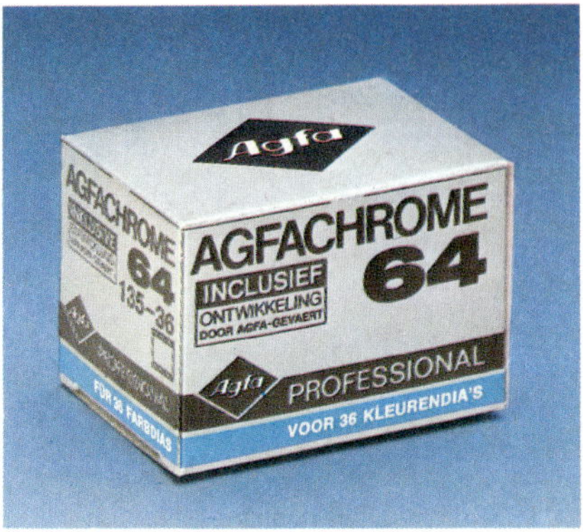

Leinwandbild im dunklen Umfeld praktisch über noch vorhandene kleine Mängel hinweghilft. Was die Verwendung als Dia betrifft, brauchen Umkehrfilme also nicht maskiert zu werden, selbst, wenn man es könnte. Das liegt, streng genommen, beim Kopierprozeß etwas anders. Soweit ein Exkurs in die Feinheiten bei der Unterscheidung von Negativ- und Diafilm als Vorlage für vergrößerte Papierbilder.

Wenden wir uns zunächst aber den verschiedenen Diafilmen von Agfa-Gevaert zu:

Die Agfachrome Filme

Wie heute allgemein üblich, unterscheiden sich auch die Agfa-Gevaert Umkehrfilme von den Negativfilmen in ihrer Bezeichnung deutlich durch die Endsilbe »chrome«. Hinzu kommen Typbezeichnungen und Zusätze, die auf ihre Empfindlichkeit, ihre Zugehörigkeit zu einem bestimmten Sortiment und ihr Einsatzgebiet schließen lassen. Agfachrome Filme können nämlich nach verschiedenen Gesichtspunkten unterschieden werden.

Es gibt mittel- und höherempfindliche Filme, Materialien für die Amateur- und die anspruchsvollere, professionelle Fotografie sowie schließlich Tages- und Kunstlichttypen. So eingeteilt können wir hier jetzt folgende Gruppen bilden:

Standardfilme und höherempfindliche Filme, wobei sowohl Amateur- als auch Professional-Filme zur Verfügung stehen, und noch den Sonderfall des Kunstlichtfilms für Aufnahmen bei nicht tageslichtähnlichen Lichtquellen.

Eine Vorbemerkung zum Unterschied zwischen den herkömmlichen Diafilmen – im Agfachrome-Sortiment mit der Typenbezeichnung »CT« (= »Color Tageslicht«) und der Empfindlichkeitsangabe nach der DIN-Norm (18 bzw. 21) versehen – und den »Professional«-Filmen mit entsprechendem Namenszusatz und der Empfindlichkeitsangabe im inter-

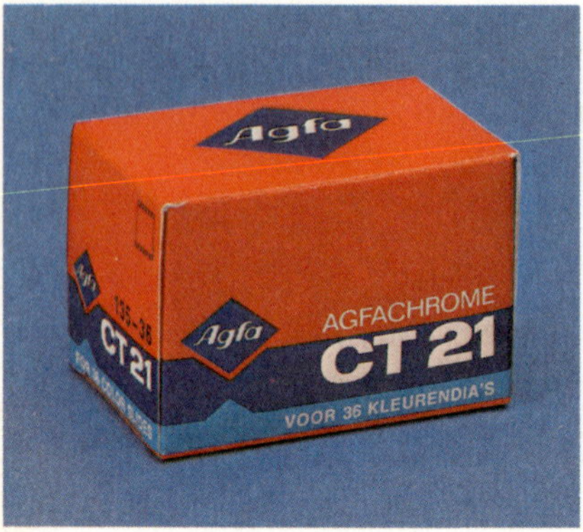

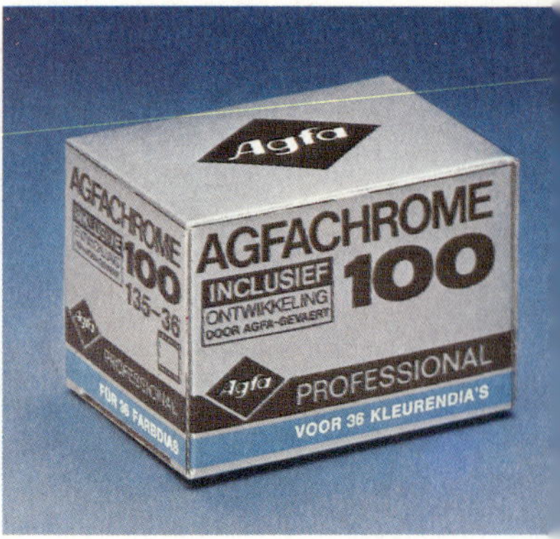

national üblicheren ASA-Wert (50, 64 und 100):
Die Amateurfilme *CT 18* und *CT 21* sind gute Allroundmaterialien, die sich seit vielen Jahren gerade wegen ihrer angenehmen, leicht »wärmeren« Farbwiedergabe großer Beliebtheit erfreuen. Bei den *Agfachrome Professional* Filmen hat Agfa-Gevaert die Forderung nach »natürlicher Farbwiedergabe« noch höher geschraubt und besonderen Wert auf insgesamt neutrale Farben und eine gute Hauttonwiedergabe gelegt. Von der Berufsfotografie her werden darüber hinaus nicht nur eine ausgezeichnete Schärfe und ein feines Korn erwartet, sondern auch eine hohe Gleichmäßigkeit von Emulsion zu Emulsion, eine farbstichfreie Wiedergabe von Bildweißen und -schwärzen sowie der Grautöne, eine ideale Gradation und ein sehr gutes Schwarzschildverhalten. Letzteres bedeutet zum Beispiel für *Agfachrome 50 S Professional:* keine Farbabweichungen im Bereich der Zeiten von $1/30$ bis $1/1000$ s. Ein weiterer Unterschied liegt in der Behandlung beider Filmsorten vor und nach der Aufnahme: Die Amateurfilme, also *CT 18* und *CT 21,* bedürfen nicht der Einhaltung so strenger Lagerungsvorschriften wie die *Agfachrome Professional* Filme. Bei letzteren ist nämlich zur Erhaltung der optimalen fotografischen Eigenschaften über einen längeren Zeitraum Tiefkühllagerung (unter $-10°$ C) vorgeschrieben. Die Professional-Farbfilme sind im Zeitpunkt ihrer Auslieferung schon optimal vorgereift und weisen bereits im frischen Zustand alle Qualitätsmerkmale auf. Daher sind sie nach der Aufnahme auch umgehend zu entwickeln, bzw. zur Verarbeitung einzusenden. Allerdings hat sich gerade bei den *Agfachrome Professional* in der Praxis meist gezeigt, daß sie vergleichsweise recht »robust« sind.

Die Standardfilme

Es sind die Materialien der Empfindlichkeitsklasse 18/19 DIN oder

ASA 50/64. Sie stellen eine ideale Kombination zwischen einer für die meisten Motive ausreichenden Filmempfindlichkeit und hoher Wiedergabequalität dar. Agfa-Gevaert liefert drei Typen:

Agfachrome CT 18

Der bewährte Amateurfilm mit sehr angenehmer, gut differenzierter Farbwiedergabe.

Agfachrome 50 S Professional

Der exakt auf kurze Belichtungszeiten abgestimmte Film mit individueller Empfindlichkeitsangabe auf dem Beilagezettel.

Agfachrome 64 Professional

Die etwas höher empfindliche Weiterentwicklung des 50 S, die wahlweise auch mit Qualitätsentwicklung durch den Agfacolor-Umkehrdienst angeboten wird (zur Verarbeitung nachfolgend mehr).
Wir wollen uns hier mit dem neuen Filmtyp 64 etwas näher befassen. Er wurde vor allem für die anspruchsvollen Besitzer hochwertiger Kleinbildkameras, also auch für die Canon-Modelle, ausgearbeitet. Auf Grund aufmerksamer Marktbeobachtungen weiß Agfa-Gevaert, daß diese Verbrauchergruppe nicht nur kritisch beim Einsatz von Kamerasystemen und Wechselobjektiven ist, sondern auch bei der Filmwahl hohe Anforderungen stellt. Die optische Qualität von Spitzenobjektiven, wie den zur Canon errechneten, soll auch vom Film her erhalten bleiben: Farbwiedergabe, Gradation und Auflösungsvermögen sowie Sicherheit in Fabrikation und Verarbeitung müssen »stimmen«! Der neue, wie ASA 64/19 DIN zu belichtende Film ist daher ein Professional-Typ, der sich durch eine ausgeglichene Farbbalance und eine neutrale Farbwiedergabe auszeichnet. Letzteres bedeutet keineswegs einen Verzicht auf eine hohe Farbsättigung, vielmehr zeigt *Agfachrome 64 Professional* reine und brillante Farben, ohne in irgendeiner Richtung zu übertreiben. Hinzu kommen ein großer Belichtungsspielraum und eine hohe Detailschärfe.

Das »Geschwistermaterial« zum *Agfachrome 64* ist der ebenfalls neue *Agfachrome 100 Professional;* er zählt zur zweiten Gruppe:

Die höherempfindlichen Filme

Mit 21 DIN/ASA 100 gehören sie zur Empfindlichkeitsklasse, die sich zunehmend auf dem Weltmarkt behauptet hat, weil sie noch eine gute Feinkörnigkeit bei gegenüber den Standardfilmen um rund eine Blendenstufe erhöhter Empfindlichkeit bietet. Agfa-Gevaert legt dabei großen Wert auf eine gleichartige Farbwiedergabe-Charakteristik sowohl bei *Agfachrome CT 18* und *CT 21* einerseits, als auch bei *Agfachrome 64* und *100 Professional* andererseits. Der bewährte Standardfilm *Agfachrome 50 S Professional* ist dabei farblich der letzteren Gruppe zuzuordnen.

Somit stehen in diesem Filmsortiment zur Verfügung:

Agfachrome CT 21. Der aus dem *Agfachrome CT 18* entwickelte Amateurfilm. Freunde des CT 18 begrüßten ihn, weil er 1 Belichtungsstufe plus bringt.

Agfachrome 100 Professional. Der anspruchsvolle Filmtyp

Die vorher für den Typ 64 gegebene Beschreibung paßt auch auf den Typ 100, womit dieser in seiner Empfindlichkeitsklasse besondere Qualitätsmerkmale aufweist. Ein kleiner Unterschied zwischen diesen beiden Filmsorten dürfte darin liegen, daß *Agfachrome 100 Professional,* ähnlich dem *CT 21,* insgesamt etwas weichere Bilder bringt, was sowohl im Hinblick auf die »Buntheit« als auch auf den Kontrast gilt – streng betrachtet natürlich! Trotzdem ziehen viele Fotografen diesen Film wegen seiner größeren Belichtungsreserve vor, denn bei schlechten Lichtverhältnissen und längeren Objektivbrennweiten macht es manchmal einen Unterschied, ob man noch aus der Hand fotografieren bzw. etwas abblenden kann oder nicht.
Übrigens lassen sich *Agfachrome 50 S* und *64 Professional* Filme gelegentlich auch um eine Belichtungsstufe knapper belichten – also wie 21 DIN/ASA 100 –, ohne an Wiedergabequalität zu verlieren. Sie müssen dann nur spezialentwickelt (»forciert«) werden – Rettung für manche Situationen, in denen man gerade keinen höherempfindlichen Film zur Hand hatte.

Der Kunstlichtfilm

Er ist – abgesehen von reinen Studioaufnahmen mit Lampenlicht einer Farbtemperatur von 3100 Kelvin – noch bei einigen Einsatzgebieten mit Außenaufnahmen interessant: Bei der naturgetreuen Wiedergabe illuminierter, das heißt mit weißem oder farbigem Licht angestrahlte Gebäude, bei Straßenszenen in der Dämmerung, wenn der Himmel besonders blau zum aufflammenden Glühlampenlicht der Schaufenster, Autoscheinwerfer und Lichtreklame kontrastieren soll, und bei Effektaufnahmen, welche die starkbetonte Blauwiedergabe des Tageslichts nutzen. Daneben sind natürliche Einsatzgebiete noch

Theater- oder Zirkusvorstellungen und gelegentlich Heimaufnahmen mit normalem Glühlampenlicht, auch wenn dieses selbst auf Kunstlichtfilm wärmer erscheint.
Im Zeitalter moderner Blitzgeräte sind Kunstlichtfilme sogar im Berufsfotobereich seltener im Einsatz, so daß Agfa-Gevaert nur einen Typ herstellt, den

Agfachrome 50 L Professional

Das Material mit 18 DIN/ASA 50 Empfindlichkeit, abgestimmt auf die längeren Belichtungszeiten von 1/4 bis 10 s beim Kleinbildfilm – daher auch der Zusatz »L« = »long« oder »Langzeiten«.
In seinen Wiedergabeeigenschaften gleicht der *Agfachrome 50 L* dem entsprechenden Tageslicht-Umkehrfilm *Agfachrome 50 S Professional.*
Um es vorwegzunehmen: Da Farbnegativfilme weitgehend im Kopierprozeß entsprechend unterschiedlicher Aufnahmebeleuchtungen ausgeglichen werden können, liefert Agfa-Gevaert nur im Diafilmsortiment zwei verschiedene Filmtypen für Tages- *oder* Kunstlicht.

Wichtig für Überlegungen beim Filmkauf ist noch die

Filmverarbeitung

Die Frage also, ob man den Film zur Entwicklung einsenden oder selbst verarbeiten möchte. Je nachdem wird man einen Diafilm mit oder ohne im Preis eingeschlossenen Entwicklungskosten kaufen. Zur ersten Gruppe zählen ausschließlich *Agfachrome CT 18* und *CT 21,* während *64* und *100 Professional* wahlweise mit oder ohne Entwicklung zu haben sind. *Agfachrome 50 S* und *50 L Professional* werden dagegen grundsätzlich ohne Entwicklung angeboten – von Entwicklungsgutscheinen und -beuteln verschiedener Labors einmal abgesehen.
Bei den Filmtypen *64* und *100 Professional* »mit Entwicklung« ist die Verarbeitung sichergestellt. Diese Filme werden dann im Professional-Service des weitverbreiteten Agfachrome Umkehrdienstes unter strenger Kontrolle durch Agfa-Gevaert typgerecht, sorgfältig und schnell entwickelt.
Eine Selbstverarbeitung in der eigenen Dunkelkammer ist bei allen Agfachrome Professional Filmen mit fertig konfektionierten Chemikaliensätzen (Process 41 Kit für 1 Liter) möglich.
Ein besonderer Service ist die Rahmung in praktische CS-Kunststoffrähmchen, die in den neuen Agfa-Gevaert CS-Magazinen für 40 oder 100 Stück absolut verschüttsicher, platzsparend (50% Ersparnis gegenüber herkömmlichen Einheitsmagazinen) und vorführfertig aufbewahrt werden können. Die Rahmung in CS-Rähmchen ist bei den »mit Rahmung« verkauften CT-18- und CT-21-Filmen mit 36 Aufnahmen inbegriffen, das heißt, diese Filme kommen in praktischen Kunststoffboxen gerahmt aus der Entwicklungsanstalt zurück. Zu allen übrigen Filmen sind Rahmungsgutscheine (Wertmarken) beim Fotohändler erhältlich.

Nun zu den Farbnegativfilmen von Agfa-Gevaert:

Die Agfacolor Filme

Sie lassen sich ebenfalls in zwei Gruppen einteilen, nämlich in die

mittelempfindlichen Materialien *Agfacolor CNS* und *Agfacolor 80 S Professional* mit 20 DIN/ASA 80 einerseits und den höchstempfindlichen *Agfacolor CNS 400* andererseits. Gegenüber dem bewährten Amateurfilm *CNS* wurde beim *Agfacolor 80 S Professional* besonderer Wert auf eine naturgetreue Wiedergabe sowohl kräftiger als auch zarter Farben, auf ein sehr gutes Schwarzschildverhalten vom Sekundenbereich bis $^1/_{1000}$ s, auf hohe Qualität in Schärfe, Gradation und Korn, auf gute Eignung für Studioblitze und nicht zuletzt auf eine sehr gute Fabrikationsgleichmäßigkeit mit engen Toleranzen gelegt. Aber auch der *CNS* ist wegen seiner etwas kräftigeren, aber durchaus natürlichen Farbwiedergabe und guten Schärfeleistung beliebt.
Sowohl beim *CNS* als auch beim *80 S Professional* empfiehlt sich in Zweifelsfällen, vor allem bei trübem Wetter, eine etwas reichlichere Belichtung.
Alle Agfacolor Negativfilme können von jedem Labor und auch selbst entwickelt werden, *CNS/80 S* einerseits und *CNS 400* andererseits jedoch nach unterschiedlichen Verarbeitungsprozessen (siehe unten).

Wir wollen uns hier ausführlich mit dem

Agfacolor CNS 400,

dem neuen Farbnegativmaterial von Agfa-Gevaert mit 27 DIN/ASA 400 beschäftigen. Dieser Film kann wegen seiner insgesamt überragenden Eigenschaften trotz seiner Zuordnung zu den höchstempfindlichen Materialien mit gutem Recht als universell einsetzbar bezeichnet werden.
Die Anwendung der letzten emulsions- und gießtechnischen Erkenntnisse, verbunden mit den schon über vier Jahrzehnte lang zurückreichenden Pioniererfahrungen auf dem Agfacolor Negativ-/Positiv-Gebiet haben hier einen ausgereiften Film entstehen lassen, der gerade in Kombination mit der großen Empfindlichkeitsreserve einige Vorteile hat. Abgesehen von seiner hervorragenden, leuchtkräftigen Farbwiedergabe, die durch neue Farbkuppler darunter auch DIR-Kuppler, erzielt werden konnte, verfügt der *Agfacolor CNS 400* über ein besonders in den mittleren und höheren Dichten sehr feines Korn und über einen weiten Belichtungsspielraum bis zu drei Blenden Überbelichtung. Viele praktische Erfahrungen haben nämlich gezeigt, daß bei bewußt reichlicherer Belichtung sogar noch feinkörnigere Bilder erzielt werden; der *Agfacolor CNS 400* muß also nicht unbedingt stark abgeblendet und/oder mit kurzen Zeiten belichtet werden! Diese Errungenschaften sind einem speziellen Aufbau der Filmschichten zu verdanken, bei denen nicht nur durchgehend in allen drei Farbstoffbereichen vom Doppelschichtprinzip Gebrauch gemacht worden ist, sondern für Purpur und Blaugrün eine neuartige Kombination der jeweils höher- und niedrigerempfindlichen grün- und rotsensibilisierten Schichten gewählt wurde. Selbstverständlich enthält der Film auch effektive Farbmasken. Hinzu kommt der Vorteil einer sogenannten kompatiblen Verarbei-

tung, das heißt, der *Agfacolor CNS 400* kann nach dem international verbreiteten Farbnegativprozeß C-41 entwickelt werden; entsprechende Chemikalien werden unter der Bezeichnung »Agfacolor Process 70« (kurz: »AP 70«) auch von Agfa-Gevaert angeboten.
Natürlich lassen sich alle drei Agfacolor Negativfilme gleich gut auf Agfacolor Papier kopieren und vergrößern. In der Farbwiedergabe unterscheidet sich der Film *Agfacolor CNS 400* ein wenig von den anderen Agfacolor-Filmen: Er arbeitet etwas »bunter« und ist so bewußt an andere Materialien des Weltmarktes angelehnt.
Noch ein paar Bemerkungen zu den speziellen Einsatzgebieten, welche die hohe Empfindlichkeit des *Agfacolor CNS 400* erschließt: Dieser Film ist nicht nur ideal für stimmungsvolle Innenaufnahmen mit vorhandenem natürlichem Tages- oder Kunstlicht, wobei sich im letzteren Fall bei höheren Qualitätsansprüchen an die Kopien Konversionsfilter bei der Aufnahme empfehlen. Der Film erleichtert auch die Aufnahmepraxis durch die Möglichkeiten, längerbrennweitige Teleobjektive mit kürzeren Verschlußzeiten gut aus der Hand benutzen zu können und in vielen anderen Fällen bei ausreichender Abblendung ebenfalls mit Kurzzeiten arbeiten zu können. Das bedeutet: weniger verwackelte Aufnahmen und scharfe Schnappschüsse von schnell bewegten Motiven. Andererseits kann man überall da noch weiter abblenden, wo – z.B. bei Nah-, Mikro- und Makroaufnahmen – mehr Schärfentiefe benötigt wird. Schließlich erweitert sich der Aktionsradius, wenn wir trotz der hohen Empfindlichkeit doch mal zum Blitzlicht greifen müssen. Auch vom Blitzlicht nur noch schwach beleuchtete, weiter entfernt liegende Motivpartien werden nämlich mit dem *Agfacolor CNS 400* gut erfaßt.
Allen diesen Anforderungen wird der *Agfacolor CNS 400* mit einer Qualität gerecht, die vor wenigen Jahren selbst bei normalempfindlichen Filmmaterialien noch nicht erwartet werden konnte.

Schwarzweiß – wo und wann?

Im Zeitalter der Farbfotografie ist diese Fragestellung berechtigt. Der gute alte Schwarzweißfilm ist nämlich fast in die Rolle des Außenseiters gedrängt worden. Die Fotoindustrie hat dieses Gebiet jedoch nicht vernachlässigt. So bietet gerade Agfa-Gevaert ein breites Sortiment an Materialien in den üblichen Empfindlichkeitsklassen und darüber hinaus Spezialmaterialien vom orthochromatisch sensibilisierten »Dokumentenfilm« über einen Schwarzweißfilm in Color-Technologie bis hin zum Diafilm. Das gute Schwarzweißfoto hat noch immer seinen festen Platz bei Fotowettbewerben bis hin zu Reportagen, besonders im Bildjournalismus – von der eigenen Dunkelkammer ganz abgesehen. »Gut« heißt, mit den Mitteln von Schwarz, Grau und Weiß, der Grauskala also, wirkungsvoll gestaltet. Kontraste, Licht und Schatten spielen hier nämlich eine wesentlich stärkere Rolle als in der Farbfotografie; sie verleihen dem Bildinhalt Differenzierung und Formen. Neben einer breiten An-

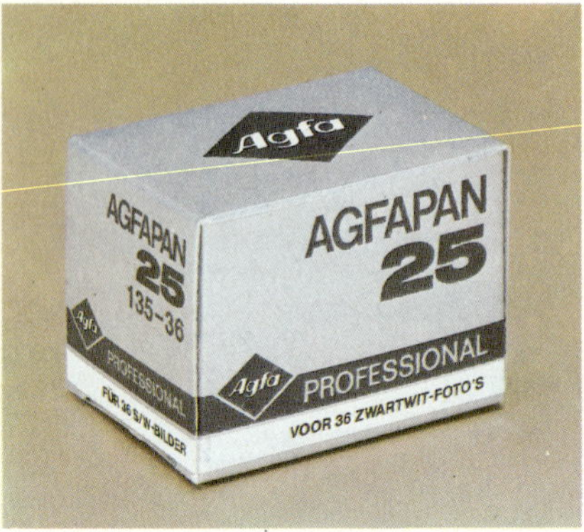

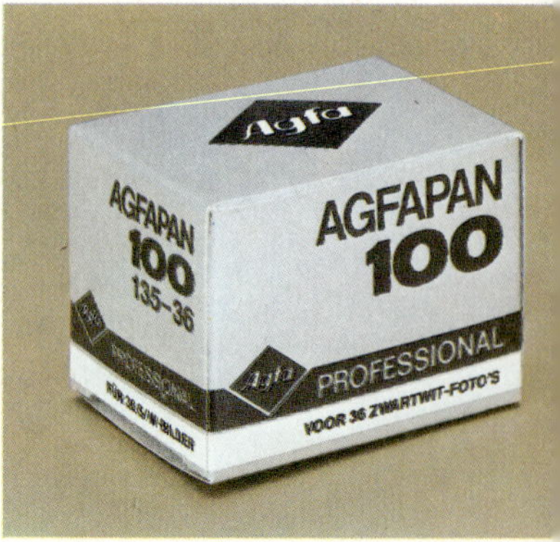

wendungsskala von künstlerischen Möglichkeiten ist die Schwarzweißfotografie immer noch die preiswerteste und einfachste Art, Bilder zu machen.
Wir wollen hier aber keine Gestaltungsregeln aufstellen, sondern uns vielmehr mit den verschiedenen Filmtypen befassen. Zwei der Schwarzweißfilme – *Agfapan 25 Professional* und *Agfapan Vario-XL Professional* – sind von ihren fotografischen Eigenschaften her sogar Farbfilmen überlegen. Zunächst:

Die üblichen Schwarzweißfilme

Hier so genannt, weil sie sich eigentlich nur in der Empfindlichkeit unterscheiden, im übrigen aber gemeinsam haben, daß sie panchromatisch, also für alle Farben beziehungsweise deren Umsetzung in Grautöne gleich gut sensibilisiert sind und nach herkömmlichen Negativprozessen verarbeitet werden können. Es sind dies der *Agfapan 25 Professional* mit 15 DIN/ASA 25, *Agfapan 100 Professional* mit 21 DIN/ASA 100 und der *Agfapan 400 Professional* mit 27 DIN/ASA 400. Sie tragen die Bezeichnung »Professional«, weil sie dank sorgfältigster Herstellung und mit ihren fotografischen Eigenschaften den hohen Qualitätsansprüchen der Berufsfotografie genügen. Entwickelt wurden sie zum Teil aus den jahrzehntelang bewährten Agfa Isopan Filmen, von denen der *Isopan* mit 22 DIN/ASA 125 noch hergestellt wird.

Agfapan 25 Professional

Ein sehr feinkörniger und scharfer Film niedriger Empfindlichkeit, der daher besonders für feindetaillierte Motive – zum Beispiel Architekturen oder Pflanzen – und starke Vergrößerungen geeignet ist. Schon vom Kleinbildnegativ lassen sich Ausschnittvergrößerungen machen, welche die Leistungsfähigkeit der Canon Objektive voll unter Beweis stellen. Das Auflösungsvermögen ist mit 185 Linien/mm besonders hoch.

Agfapan 100 Professional

Der Standardfilm des Sortiments: von seiner höheren Empfindlichkeit her für die meisten Motive universell verwendbar, wobei Schärfe und Feinkörnigkeit noch so hervorragend sind, wie man es früher nur von Filmen mit niedrigerer Empfindlichkeit gewohnt war. Der Film ist dank seines großen Belichtungs- und Verarbeitungsspielraums bei der Aufnahme und Entwicklung strapazierbar. Seine sorgfältig abgestimmte Gradation macht ihn zum Allroundfilm, vom harten Licht tropischer Zonen bis zu Blitzlichtaufnahmen. Das Auflösungsvermögen beträgt 145 Linien/mm. Der *Agfapan 100* ist ein moderner Doppelschichtfilm.

Agfapan 400 Professional

Dieser Film ist dank seiner hervorragenden Emulsionseigenschaften in Verbindung mit sehr hoher Empfindlichkeit ein ideales Material für die schwarzweiße Available-Light-Fotografie, also für Aufnahmen unter schlechten Lichtverhältnissen. Vorteile und Einsatzgebiete entsprechen insoweit dem oben beschriebenen *Agfacolor CNS 400.* Das Korn ist für diese Empfindlichkeitsklasse noch fein, das Auflösungsvermögen mit 110 Linien/mm relativ hoch.

Für die Verarbeitung der Agfapan Professional Filme liefert Agfa-Gevaert die bewährten S/W-Entwickler Atomal, Refinal, Studional liquid, Rodinal und Rodinal Special.

Besondere Schwarzweißfilme

Im Agfa-Gevaert-Sortiment sind dies ein Dokumentenfilm, ein Film mit Farbentwicklung und ein Umkehrfilm:

Agfaortho 25 Professional

Er dient wegen seiner sehr steilen Gradation und orthochromatischen, das heißt rotunempfindlichen Sensibilisierung für Reproduktionen von Strichvorlagen, wie Schriften oder Zeichnungen

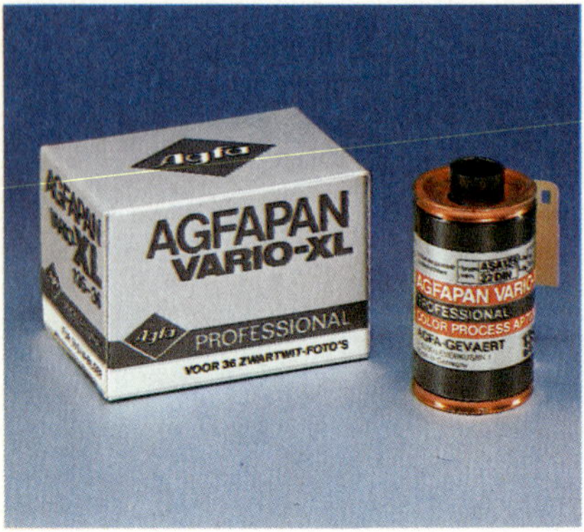

(Dokumenten), und alle hart abzubildenden Motive. Der aus dem früheren Agepe FF hervorgegangene Film kann sowohl für Aufnahme- als auch für Kopierzwecke benutzt werden, wobei die Verarbeitung am besten in einem Positiventwickler wie Agfa Neutol erfolgt. Obwohl bei Dokumentenfilmen eine genaue Empfindlichkeitsangabe nicht erfolgen kann, empfiehlt es sich, den Belichtungsmesser auf 15 DIN/ASA 25 einzustellen.

Agfapan Vario-XL Professional

Ein völlig neuartiger Film, der sich von allen bisherigen Schwarzweißfilmen vor allem dadurch auszeichnet, daß er eine – wie seine Bezeichnung schon andeutet – variable Empfindlichkeit hat. Er ist nämlich wahlweise von 22 DIN/ASA 125 bis 33 DIN/ASA 1600 zu belichten. Im Unterschied zu den üblichen Filmen wird er dazu nicht in herkömmlichen Schwarzweißentwicklern, sondern nach dem kompatiblen Color-Process C-41 (oder AP 70) zu einem silberfreien Farbstoffbild entwickelt. Während der Aufnahme dienen natürlich die noch im Film enthaltenen Silberhalogenid-Körner als »Lichtfänger«. Er enthält in einer Doppelschicht drei Farbkuppler gemischt, wodurch eine besonders hohe Empfindlichkeit bei feinem Korn erreicht wird. Die Körnigkeit macht sich bei einer Belichtung wie 33 DIN/ASA 1600 nicht stärker bemerkbar als bei einem gewöhnlichen Schwarzweißfilm von 27 DIN/ASA 400. Ähnlich dem Farbfilm *Agfacolor CNS 400* ist der *Agfapan Vario-XL Professional* extrem überbelichtungsfähig mit dann sogar feinerem Korn. Daher kann man vor jeder Aufnahme selbst entscheiden, ob man ein feineres Korn haben möchte; in diesem Fall kann der Film bis herunter zu 22 DIN/ASA 125 reichlicher belichtet werden. Für die Wahl einer reichlicheren Belichtung können manchmal auch Gestaltungsgründe sprechen, ermöglicht sie doch zum Beispiel ein stärkeres Aufblenden und damit ein bewußtes Spiel mit geringer Schärfentiefe. Gelegentlich ist auch eine Bewegungsunschärfe erwünscht, die dann durch längere Belichtungszeiten ermöglicht wird.

Wegen seiner variablen Belichtungsmöglichkeiten trägt der neue Film die Zusatzbezeichnung »Vario«; »XL« bedeutet »existing light«, also »bestehendes Licht«. Der obere Grenzwert für die Belichtung beträgt nämlich 33 DIN/ ASA 1600. Damit ist er viermal empfindlicher als der *Agfapan 400 Professional.* Besondere Vorteile bietet der *Agfapan Vario-XL Professional* im mittleren Empfindlichkeitsbereich (ASA 200/24 DIN bis ASA 800/30 DIN). In diesem Bereich übertrifft der Film in der Modulation der Grauwerte herkömmliche Schwarzweiß-Filme. Das schwach blau aussehende Negativ ist auf übliche Weise auf alle Schwarzweiß-Fotopapiere kopier- und vergrößerbar; es unterscheidet sich nämlich in Gradation, Dichte (Schwärzung) und Schärfe nicht von herkömmlichen Schwarzweißnegativen.

Schwarzweiß-Umkehrfilm

Agfa Dia-direct

Einer der wenigen Schwarzweiß-Diafilme des Weltmarktes. Er ist wegen seiner brillanten Gradation (Gamma etwa 1,5) nicht nur für Reproduktionen (außer von Strichvorlagen) für technische Vortragszwecke und dergleichen und für Duplikate von Negativen oder Farbdias, sondern auch für bewußt nur mit Licht, Schatten und Grautönen gestaltete Fotomotive geeignet. Hervorragende Schärfe, Feinkörnigkeit und das im Vergleich zu Farbdiafilmen sehr hohe Auflösungsvermögen von 175 Linien/mm gewährleisten Diapositive bester Qualität. Zugunsten dieser Eigenschaften wurde die Empfindlichkeit mit 16 DIN/ASA 32 bewußt etwas niedriger als bei den meisten Farbfilmen gehalten.

Der *Dia-Direct* wird mit im Preis eingeschlossener Entwicklung verkauft, sie erfolgt in den Entwicklungsanstalten des Agfachrome Service. Bei Einsendung von Wertmarken werden die Dias gleich in Kunststoffrähmchen (offen) eingerahmt.

Abschließend noch ein Wort zur

Filmkonfektionierung

Wir haben uns hier ausschließlich auf Kleinbildfilme beschränkt, jedoch sind auch diese zum Teil in verschiedenen Längen, das heißt, mit unterschiedlicher Aufnahmezahl, erhältlich. So gibt es außer der zumeist bevorzugten, da sparsamen 36er Patrone von manchen Filmen auch kürzere Abmessungen mit 24, 20 oder nur 12 Aufnahmen.

Kleines Foto-Lexikon

Aberration, chromatische

Ein Linsenfehler, der Farbzerstreuung bzw. Farbabweichung bringt, das heißt, beim Durchgang des Lichtes durch ein einfaches Objektiv werden die im Licht enthaltenen Strahlen verschiedener Wellenlängen verschieden stark gebrochen, so daß sich unterschiedliche Brennpunkte ergeben. Der Brennpunkt der kurzwelligen blauen Strahlen liegt vor den mittelwelligen gelben und dieser wieder vor dem der langwelligen roten Strahlen.

Aberration, sphärische

Linsenfehler (Kugelgestaltsfehler), der darauf zurückzuführen ist, daß bei einem einfachen Objektiv die verschiedenen Zonen unterschiedliche Brennweiten haben, d.h. die Mittelstrahlen werden in einem anderen Brennpunkt vereinigt als die Randstrahlen. Folge: der scharfe Bildkern wird von Zerstreuungskreisen überlagert, es entsteht Unschärfe.

Abbildungsgröße

Sie wird durch die Brennweite des Objektivs bestimmt. Als Grundregel gilt: Je kürzer die Brennweite, desto geringer die Abbildungsgröße des Objektes. Dividiert man die Aufnahmeentfernung durch die Brennweite, erhält man den ungefähren Wert der linearen (!) Verkleinerung.

Abbildungsmaßstab

Der Maßstab des endgültigen Bildes – des zur Betrachtung vergrößerten Bildes. Zur Berechnung des Abbildungsmaßstabes wird der Aufnahmemaßstab mit dem Faktor der Vergrößerung multipliziert.

Apochromat

So werden jene Objektive bezeichnet, die eine besondere Korrektion des Farbfehlers, der chromatischen Aberration, aufweisen. Beim Apochromaten sind mindestens drei Farben des sichtbaren Spektrums (blau, gelb und rot) auf einen gemeinsamen Fokus korrigiert. Ein Beispiel ist das Canon FD 2,8/300 mm Fluorit. Andere Canon-Objektive sind Achromaten mit einer Korrektur der Farbfehler aus zwei Spektralfarben (blau und gelb); man bezeichnet sie mit Recht aber auch schon als farbkorrigiert.

Arbeitsblendenmessung

Die Belichtungsmessung durch das Objektiv einer einäugigen Reflexkamera bei Abblendung auf die effektiv für die Aufnahme verwendete Blende. Vorläufer der Offenblendenmessung, und auch heute noch erforderlich bei Verwendung nichtautomatischen auszugsverlängernden Zubehörs zwischen Kameragehäuse und Objektiv, das die Übertragung gewisser Meßwerte zwischen Objektiv und Kamera unterbricht.

Asphärische Linse

Linse mit einer Oberfläche, die von der üblichen Sphärik (der gleichmäßigen Kugelform) abweicht; deren Schliff z.B. zum Rand hin gegensätzlich verläuft.

Astigmatismus

Punktlosigkeit; ein Punkt wird nicht als Punkt wiedergegeben. Strahlen von Objektpunkten die außerhalb der optischen Achse liegen, ergeben anstatt einer punktförmigen Abbildung eine in zwei verschiedenen Ebenen senkrecht aufeinanderstehende. Der Linsenfehler tritt auch beim Auge in Erscheinung und bewirkt auch, daß vertikale und horizontale Linien nicht gleichzeitig auf einer Bildebene scharf erfaßt werden können.

Auflösungsvermögen

Erstens bezeichnet man damit die Fähigkeit eines Objektivs, sehr eng beieinanderliegende Objektdetails scharf getrennt wiederzugeben. Zweitens wird dieser Begriff auf Filmmaterialien angewendet (im allgemeinen kann davon ausgegangen werden, daß sich das Auflösungsvermögen mit steigender Filmempfindlichkeit vermindert). Das Auflösungsvermögen hochwertiger Objektive liegt immer über dem des Films (bildmäßiges Material).

Auszug

Der physische Abstand zwischen Bildebene und Objektiv. Zur Fokussierung auf nähergelegene Objekte wird ein immer größerer Auszug notwendig. Deshalb werden Objektive zur Scharfeinstellung auf kürzere Abstände immer weiter »ausgefahren«. Die Länge des Schneckengangs in der Objektivfassung bestimmt dabei die kürzestmögliche Einstellentfernung, die ihrerseits wiederum Rücksicht auf die Tatsache nimmt, daß normale Aufnahmeobjektive für größere Abstände gerechnet sind und ihre Abbildungsleistung deshalb im Nahbereich zunehmend schlechter wird.

Aufnahmemaßstab

Unter dieser Bezeichnung versteht man das Verhältnis der Abbildungsgröße (im Negativ oder Dia) zur Größe des abgebildeten Aufnahmeobjektes. Der Aufnahmemaßstab steigt proportional zur Brennweite (kleiner Maßstab bei Weitwinkel-, großer Maßstab bei Teleaufnahmen). Beispiel für 2 m Aufnahmedistanz: 35 mm Brennweite = Aufnahmemaßstab 1:56, 150 mm Brennweite = Aufnahmemaßstab 1:12.

Automatischer Korrektionsausgleich

Siehe unter »Floating-System«.

Available Light

»Verfügbares bzw. vorhandenes Licht«. Internationaler Begriff für Fotografie unter gegebenen schlechten Lichtverhältnissen, ohne Zusatzlicht; gemeint ist sowohl die technische Bewältigung als auch die rein gestalterische Nutzung.

Balgengeräte

Ein Zubehör, das die stufenlose Verlängerung des Auszugs einer einäugigen Spiegelreflexkamera gestattet. Es besteht im wesentlichen aus einem harmonikaähnlichen Balgen, der auf einer Schiene läuft. Das Kameragehäuse wird an einem Ende, das Objektiv am anderen Ende befestigt. Durch die beträchtliche Auszugsverlängerung gegenüber den normalen Aufnahmeverhältnissen rücken so auch extreme Nahaufnahmen in den Bereich des Möglichen.

Bildfeldwölbung

Linsenfehler einfacher Objektive, wodurch eine ebene Fläche in der fotografischen Wiedergabe gebogen erscheint. Der Fehler bewirkt, daß die Bildschärfe zum Rand hin zunehmend abnimmt; umgekehrt ist die Bildmitte unscharf, wenn auf den Bildrand scharf eingestellt wird.

Bewegungsunschärfe

Bildunschärfe, die durch eine Bewegung des Aufnahmegegenstands während der Belichtung verursacht wird. War sie unbeabsichtigt, so wurde eine zu lange Verschlußzeit verwendet. Keinesfalls sollte die Bewegungsunschärfe als »Abbildungsfehler« bezeichnet werden, denn dieser Begriff bezieht sich einzig und allein auf optische Bildfehler des abbildenden Systems.

Belichtungsstufe

Präzisere – weil allgemeingültigere – Bezeichnung für das, was in der Fotografie heute noch sehr häufig schlechthin als »Blendenstufe« bezeichnet wird. Eine Belichtungsstufe kann sowohl eine Blendenstufe sein als auch eine Verschlußzeitenstufe.

Bildweite

Der Begriff Bildweite beinhaltet die Entfernung zwischen Objektiv und scharfer Abbildung. Er darf nicht mit der Brennweite verwechselt werden, die nur bei sehr großen Aufnahmedistanzen mit der Bildweite übereinstimmt. Bei geringer Bildweite (z.B. Unendlich-Einstellung) ist die Gegenstandsweite groß, bei großer Bildweite (z.B. Einstellung auf 1 m) klein.

Bildwinkel

Der Bildwinkel eines Objektivs wird aus dem Maß der Bildfelddiagonale abgeleitet. Er bezeichnet den »Blickfeld«-Umfang des Kameraauges, der bei kurzen Brennweiten (Weitwinkel) groß, bei langen Brennweiten (Tele) klein und bei Zoom-Objektiven variabel ist – der Bildwinkel ist abhängig von der Brennweite.

Blende

In der fotografischen Praxis wird mit diesem Begriff zweierlei bezeichnet: Erstens die mechanische Vorrichtung innerhalb des Objektivsystems – bestehend aus zu öffnenden und zu schließenden Lamellen –, die das Abblenden ermöglichen.

Zweitens wird damit die Blendenzahl, der Kehrwert des Öffnungsverhältnisses (1:2,8 oder 1:4,0 usw.) definiert. Siehe dazu auch Stichwort »Blendenreihe«.

Blendenreihe, Internationale

= ... 1,4–2–2,8–4–5,6–8–11–16–22 ...
Diese größten Blendenzahlen steigen mit $\sqrt{2}'$ (1,4142), der Ausgangswert ist 1,0. Der Lichteinfall wird im Quadrat größer zur proportional steigenden Durchlaßöffnung; von Blende zu Blende doppelte bzw. halbe Lichtmenge. Größte rel. Öffnungen werden auch als: »Eines zu ...« ausgedrückt. Es gibt »Sonderwerte« bei der maximalen Öffnung die von der Blendenreihe abweichen; z. B. 1,2–1,7–1,8–3,5–4,5 u. a. Sie ergeben sich zwangsläufig durch die Berechnung der Objektive; nach der Normvorschrift dürfen die Werte der größten relativen Öffnung von den exakten Blendenwerten abweichen.

Brennweite

Streng fachlich ausgedrückt, bezeichnet der auf der Fassung eines Objektivs eingravierte Brennweitenwert (in Millimetern) die Entfernung zwischen dem Hauptpunkt des Objektivs und dem Brennpunkt (Filmebene), bei der ein unendlich weit entferntes Objekt scharf abgebildet wird.

Dioptrie

Die Bezeichnung für die Einheit der Brechkraft von optischen Systemen (z.B. Nahlinsen) ist die Dioptrie (Kurzbezeichnung »dpt«). 1 Dioptrie = Brechkraft eines optischen Systems mit der Brennweite 1000 mm (1 m) in einem Medium der Brechzahl 1.
Beispiel: Canon Nahlinsen 240 und 450: Mit den Zahlen wird die Brennweite in mm bezeichnet. Die Dioptrienangabe dazu ergibt sich aus der Division 1 m = 1000 m : 240 = 4,166 und 1000 mm : 450 = 2.222.

Einstellscheibe

Mattscheibe mit aufhellender Fresnellinse; die Ebene, in der das Sucherbild entsteht. Je nach Kameramodell mit Einstellhilfen wie Schnittbild-Indikator, Mikroprismenfeld oder -kreis zum Fokussieren ausgestattet. In einigen Systemkameras (Canon F-1, AE-1 PROGRAM und A-1) ist diese Einstellscheibe auswechselbar gegen mehrere Varianten wie Klarglas mit Fadenkreuz, Gitternetz, Meßkreuz usw.

Ersatzmessung

Verfahren der Lichtmessung, bei dem man nicht den eigentlichen Aufnahmegegenstand, sondern ein entsprechend beleuchtetes Ersatzobjekt anmißt. Damit läßt sich auch bei stark von der Norm abweichenden Beleuchtungsverhältnissen eine zufriedenstellende Belichtung erzielen.

Farbwiedergabe

Objektive sind in einfacherer Ausführung Einzelgänger hinsichtlich des spektralen Durchlässigkeitsverhaltens. Das beruht auf der unterschiedlichen Absorption des Glases, der Linsendicken und der verschiedenen Vergütungen. Überträgt man dies auf eine Bildserie unter Einsatz von Wechselobjektiven (gleiches Motiv und Beleuchtungsverhältnisse vorausgesetzt) ergeben sich teilweise von Objektiv zu Objektiv (von Weitwinkel bis Tele) erheblich unterschiedliche Farbwiedergaben bei Colorfotos. Farbsprünge sind keine Seltenheit. Deshalb hat Canon besonders dem Sektor »getreue Farbwiedergabe« viel Aufmerksamkeit geschenkt und keine Mühen gescheut, um zu erreichen, daß die gesamte FD-Objektivreihe eine gleichmäßige Farbwiedergabe gewährleistet.

Fixfokus-Objektiv

So sind jene Objektive bezeichnet, die keine Entfernungseinstellung zulassen, sondern die fest auf einen gebräuchlichen Entfernungs-/Schärfentiefebereich fixiert sind. Man findet diese Objektive teilweise noch in sehr einfachen Foto- und Filmkameras. Aber auch das Canon Fischaugenobjektiv 1:5,6/7,5 mm ist eine Fixfokus-Konstruktion. Da sein Schärfentiefebereich extrem groß ist, bedarf es überhaupt keiner Entfernungseinstellung.

Floating-System

Ein besonderer Korrektionsausgleich, mit dem einige Canon-Spitzenobjektive (z. B. alle Superweitwinkel) ausgerüstet sind. Der Korrektionsausgleich sorgt für eine gleichbleibend hohe Abbildungsleistung des Objektivs auch bei kurzen Aufnahmeabständen. Beim Fokussieren verändert sich der Luftabstand zwischen Vorder- und Hintergliedern des optischen Systems, so daß die bei kürzeren Einstellungen zunehmenden sphärischen Bildfehler der Vorderglieder stets in geeignetem Maße vom Hinterglied ausgeglichen werden.

Fluorit-Linsen

Linsen aus künstlichem Flußspat (Kalziumfluorid-Kristalle). Aus künstlichem Flußspat läßt sich optisches Glas mit geringer Dispersion (Zerlegung des Lichtes in seine Farbanteile beim Durchgang durch Medien mit unterschiedlichem Brechungs-Index) herstellen. Dieses Glas ist somit geeignet, dem Farbfehler, der achromatischen Aberration, bestens entgegen zu wirken; es erlaubt die apochromatische Korrektion.

Gegenstandsweite

Entfernung zwischen Aufnahmeobjektiv und Motiv. Bei Abbildungsmaßstäben bis 1:1 (Wiedergabe in natürlicher Größe) ist die Gegenstandsweite größer als die Bildweite, bei Makro-Aufnahmen kleiner.

Innenfokussierung

Eine Besonderheit bei einigen Canon Tele-Objektiven. Beim Scharfeinstellen wird nicht wie sonst üblich das Objektiv mittels Schneckengang in seiner Gesamtheit verschoben sondern nur ein kleines Hinterglied im Linsensystem. Das optische System steckt in einem starren Tubus, dessen Länge beim Scharfeinstellen unverändert bleibt. Damit gibt es bei Objektiven mit Innenfokussierung keine Schwerpunktverlagerung, die sich ja besonders bei längeren Brennweiten sehr negativ auswirkt.

Koma

Bildfehler erklärbar als sphärische Aberration der seitlich einfallenden Strahlen. Wird durch eine Linse ein Punkt abgebildet, der extrem seitlich von der optischen Achse liegt, entsteht kein punktförmiges scharfes Bild. Die Abbildung gleicht eher einem fast scharfen Kern mit kometenschweifartigem Anhang.

Kontrast

Damit bezeichnet man starke Helligkeitsunterschiede bei nebeneinanderliegenden bzw. benachbarten Bildteilen/-flächen. Spricht man beim Objektiv von besonderer Kontrastwiedergabe, dann ist es in der Lage, in solchen Fällen einiges auszugleichen.

Lichtstärke beim Objektiv

Relative Öffnung minus Lichtverluste in der Optik (Reflexion/Absorption). Neben anderen Kriterien stellt die Lichtstärke ein entscheidendes Qualitätsmerkmal des Objektivs dar. Der Begriff Lichtstärke kennzeichnet die größtmögliche Blendenöffnung eines Objektivs, die sich im allgemeinen aus dem Verhältnis zwischen Brennweite und wirksamem Objektivdurchmesser ergibt (z.B. 1:1,2).

LW

Lichtwert; Kombination von Blende und Belichtungszeit, bezogen auf bestimmte Filmempfindlichkeit. Maß für »Belichtung« bzw. jeweils herrschende Helligkeit. 1 LW = ± 1 Blendenstufe oder halbierte/verdoppelte Verschlußzeit (bei konstanter Filmempfindlichkeit). Zum Beispiel LW 13 = Blende 8, $^1/_{125}$ s oder 5,6, $^1/_{250}$ s oder 11, $^1/_{60}$ s usw.

Mehrschichtenvergütung

Um die Mitte der fünfziger Jahre wurde die Farbfotografie so populär, daß immer höhere Anforderungen an die Farbleistung der Objektive gestellt wurden. In diesem Zusammenhang unternahm Canon umfangreiche Untersuchungen über die Lichtdurchlässigkeit der Objektive und das Farbverhalten des Films. Das Ergebnis war die Entwicklung der *Spectra-Hartvergütung (»Super-Coating«).* Grundlage dieses Verfahrens ist die Erkenntnis, daß durch unterschiedliche Stärke der Vergütungsschicht auf den einzelnen Linsenflächen die Farbabstimmung beeinflußt werden kann. Damit war der Durchbruch für die überragenden optischen Leistungen erzielt, die später in aller Welt hohe Anerkennung fanden.

Wenngleich die Spectra-Vergütung ein Einschichtverfahren ist, kommt ihre Wirkung doch der normalen Mehrschichtenvergütung recht nahe, die unmittelbar anschließend auch Canon entwickelte, unter der Bezeichnung »Super-Spectra-Coating« (SSC). Diese wurde zunächst bei Fernseh-Vario-Objektiven angewandt, um die Lichtverluste in diesen viellinsigen Systemen zu verringern.

Meßcharakteristik

Die Verteilung der Zonen gegebenenfalls unterschiedlicher Empfindlichkeit des Meßsystems einer Kamera. So unterscheidet man zwischen Allgemein-, Durchschnitts- oder Integralmessung einerseits und mittenbetonter Messung bzw. teilselektiver oder selektiver Messung andererseits.

Offenblendemessung

Wie der Name schon sagt, wird die Belichtung bei vollgeöffneter Blende des Objektivs gemessen. Dies hat den Vorteil, daß bei voller Sucherhelligkeit viel bequemer und leichter die Motivbeobachtung und das Scharfeinstellen vorgenommen werden kann. Wird die Blende vorgewählt, programmiert der Blendensimulator im Objektiv der Kamera die jeweils vorgewählte Arbeitsblende ein (bei Blendenautomatikbetrieb kommt der Befehl dazu von der Kamera-Elektronik), auf die das Objektiv erst im Moment der Auslösung geschlossen wird.

Relative Öffnung

Brennweite dividiert durch Durchmesser der Eintrittspupille.

Retrofokus-Objektiv-Konstruktion

Diese Objektive zeigen einen Aufbau/eine Berechnung, bei der die Schnittweite teilweise erheblich länger ist als die wirksame Brennweite. Diese Konstruktion wurde notwendig, damit auch die Objektive mit extrem kurzen Brennweiten (Fischaugenobjektive z.B.) bei Rückschwingspiegel-Funktion eingesetzt werden können. Die notwendige Annäherung des optischen Systems an die Filmebene ist nicht möglich, bzw. wäre bei Normal-Konstruktion nur bei hochgeklapptem Rückschwingspiegel möglich. (Auch solche Verfahrensweise wurde seinerzeit im Markt bekannt).

Schärfentiefe

Hiermit bezeichnet man jenen Bereich des Motivs, der, in Aufnahmerichtung gemessen, vor und hinter der Hauptschärfe-Ebene scharf abgebildet wird. Der Schärfentiefenbereich ist um so größer, je kürzer die Brennweite, je kleiner die Blendenöffnung und je größer die Aufnahmedistanz ist. Weitwinkelobjektive haben einen größeren, Teleobjektive einen geringeren Schärfentiefenbereich als Standardoptiken. Auf dem Distanzring eines Canon-Objektivs fest eingestellter Brennweite kann der Schärfentiefenbereich zwischen zwei Index-Strichen abgelesen werden. Bei Betätigung des arretierbaren Abblendhebels oder bei Einstellung auf Arbeitsblendenmessung läßt sich der Schärfentiefenbereich im Sucher optisch kontrollieren und gegebenenfalls durch Veränderung des Blendenwertes korrigieren. (Siehe dazu auch Stichwort »Zerstreuungskreis«).

Scheimpflug'sche Regel

Eine nach Th. Scheimpflug (1865–1911) benannte Regel, die die grundlegendc Idee zur Entzerrung beinhaltet. Th. Scheimpflug fand die nach ihm benannte Schnittlinienbedingung zur Scharfabbildung geneigter Ebenen. Sie besagt, daß eine schräg verlaufende Objektebene dann scharf abgebildet wird (ohne besondere Abblendung des Objektivs), wenn sich Objektebene, Bildebene und Objektivebene in einer Geraden schneiden. Diese Möglichkeit bietet in gewissem Umfang das berühmte Canon TS-Objektiv 2,8/35 mm SSC (siehe Seite 107).

Schnittweite

Dieses Maß ist von besonderer Wichtigkeit für die Wechselobjektive einer SLR-Kamera und bezeichnet den Abstand vom Scheitel der Hinterlinse bis zur Bildebene. Durch den Raum, den der Schwingspiegel einer Reflexkamera einnimmt, müssen Objektive für diesen Kameratyp in jedem Fall eine relativ lange Schnittweite aufweisen (siehe auch Stichwort Retrofokus).

Schwarzschild-Effekt

Mit »Schwarzschildeffekt« wird folgende Erscheinung bezeichnet. Eine Belichtung von nur geringer Intensität wirkt während einer langen Zeit nicht so stark auf den Film ein (ruft nur eine geringere Schwärzung hervor) wie eine größere Intensität in der entsprechend kürzeren Belichtungszeit. Zum Beispiel bewirkt eine Belichtung mit 1000 Lumen in 1/100 Sekunde eine wesentlich stärkere Schwärzung als eine Belichtung mit 1 Lumen in 10 Sekunden. Bei Farbfilmen ergibt sich eine Farbverschiebung, die sich durch Filterung aufheben läßt. Die Farbverfälschung kann von Emulsion zu Emulsion verschieden sein.

Selektivmessung

Ein bei Innenmeßkameras angewandtes Verfahren der Lichtmessung, bei dem die Meßzelle nur einen eng begrenzten und im Sucher angezeigten Bereich innerhalb des Bildfeldes erfaßt. Diese sehr gezielte Belichtungsmessung gestattet eine hochpräzise Abstimmung der Belichtung selbst unter den ausgefallensten Beleuchtungsverhältnissen, erfordert jedoch andererseits große Sorgfalt, da ein Anmessen ungeeigneter (zu heller oder zu dunkler) Bildteile unweigerlich zur Fehlbelichtung führt (siehe auch teilselektive Messung).

Selektive Schärfe

Da selektieren zu deutsch auswählen/trennen bedeutet, wird bereits klar, was mit selektiver Schärfe gemeint ist: die Schärfe im Bild bewußt steuern und verlagern, den Schärfebereich so knapp programmieren, ja sogar nur die Hauptebene (den gewünschten Bildteil) scharf stellen, damit dieser wichtigste Bildteil vollkommen herausspringt und plastisch, scharf, vor unscharfem Hintergrund steht. Man kann so störende Bildpartien vollkommen in Unschärfe versinken lassen. Selektieren können Sie in der Weise am besten mit längeren und langen Brennweiten, voll geöffnetem Objektiv, und recht eindrucksvoll, wenn Sie diese beiden Möglichkeiten in der Kombination anwenden.

Sensibilisierung

Farbempfindlichkeit eines Films = spektrale Empfindlichkeit der Emulsion.

Silicium-Meßzelle

Bietet ein Maximum erreichbarer Meßgenauigkeit, eingebaute Konstanthaltungsschaltung ermöglicht präzise Meßergebnisse bei Temperaturen von −20° bis + 60° C. Sie spricht unwahrscheinlich schnell an und reagiert praktisch verzögerungsfrei schon auf minimale Schwankungen der Motivhelligkeit mit einer feinsten Blendenabstufung.

SLR

Einäugige Spiegelreflexkamera (Single Lens Reflex).

Sphärische Linsen

Die überwiegende Zahl der in optischen Systemen eingesetzten Linsen sind sphärische Linsen. Sie stellen Teile (Segmente) aus Kugelflächen dar (sphäre = Kugel). Das ist nachzuweisen, indem man die Außenlinie/Innenlinie eines Linsen-Querschnitts mit dem Zirkel zu einem Kreis vervollständigt (bei einer asphärischen Linse ist dies nicht mehr möglich).

Springblende

Mechanische Vorrichtung in einem Objektiv für ESR-Kameras, die es gestattet, eine gewünschte Arbeitsblende lediglich vorzuwählen, während die Irisblende selbst voll geöffnet bleibt, um für die Bildbetrachtung so viel Licht wie irgend möglich in den Sucher einfallen zu lassen. Erst bei Druck auf den Auslöser springt die Blende unmittelbar vor Ablauf des Verschlusses auf die vorgewählte, kleinere Öffnung. Direkt nach der Belichtung öffnet sie sich automatisch wieder auf größten Durchmesser, so daß das Sucherbild wiederum größte Helligkeit besitzt.

Stürzende Linien

Ein Phänomen, das wir von zahlreichen Aufnahmen her kennen, die von hohen Gebäuden aus kürzerer Aufnahmeentfernung gemacht wurden. Um das Gebäude ganz auf's Bild zu bekommen, wird die Kamera schräg nach oben gehalten. Parallel verlaufende Linien wandern konisch aufeinander zu. Dies resultiert daraus, daß sich das Unterteil des Gebäudes näher am Objektiv befindet als das Oberteil. Verhindern kann man diesen Nachteil mit Einsatz des TS-Objektivs (siehe auch Seite 107) oder beim Vergrößern.

Teilselektive Messung

Eine Abwandlung der Selektivmessung (siehe dort) in ESR-Kameras, bei der das auch im Sucher sichtbare Meßfeld zwar präzise begrenzt ist, jedoch einen etwas größeren Bereich erfaßt (wie z.B. in der Canon FTb und F-1). Das leicht größere Meßfeld verbindet die Vorteile der sehr genauen Belichtungsmessung auf bestimmte Details mit geringerer Anfälligkeit gegen Meßfehler, da die größere Fläche automatisch einen gewissen Integrationseffekt mit sich bringt bzw. eine vermittelnde, jedoch gezielte Messung über helle und dunkle Bildpartien erleichtert.

TTL

Internationale Abkürzung für »Through the Lens« – Lichtmessung durchs Objektiv = Innenmessung.

UD-Glas

Ein dem Fluorit ähnliches optisches Glas das eine optimale Korrektur der Abbildungsfehler gestattet; vornehmlich bei Tele-Objektiven, wo es das sekundäre Spektrum beseitigen hilft. Tele-Objektive, die diese UD-Glaslinsen haben, tragen den Zusatz-Code »L«.

Vergütung (von Objektiven)

Dient zur Reflexminderung an Glas-Luftflächen. Es müssen dünne Grenzschichten auftreten, deren Brechungszahlen kleiner sind als die des Glases. Dieses geschieht dadurch, daß in einer Vakuumanlage entweder Magnesiumfluorid oder Aluminiumfluorid auf die Glasflächen in bestimmten Schichtdicken aufgedampft werden. Die Grenzschicht ist gleich:

$$\frac{\text{Wellenlänge des Lichtes}}{4}$$

= (ca. 0,000/4 mm)

Damit können durch Interferenz Reflexionen für diese Wellenlänge des Lichts streng, für benachbarte Wellenlängen fast völlig beseitigt werden. Durch Beseitigung von Reflexionen innerhalb eines optischen Systems zeichnet das Objektiv viel brillanter und gewinnt außerdem praktisch an Lichtstärke.

Verzeichnung

Ein Linsenfehler, der die Bildgeometrie beeinflußt. Der Aufnahmemaßstab ist nicht in allen Bildteilen gleich. Das heißt, Quadrate und gerade Linien werden kissen- oder tonnenförmig verzeichnet wiedergegeben.

Wirksame Öffnung

Durchmesser der durch die jeweils eingestellte Blendenöffnung bedingten Eintrittspupille.

X-Kontakt

Synchronkontakt zur Verwendung von Elektronenblitzgeräten, der sicherstellt, daß der Zeitpunkt der Blitzzündung genau mit der vollen Verschlußöffnung übereinstimmt.

Zerstreuungskreis

Die im Brennpunkt sich kegelförmig sammelnden Lichtstrahlen bilden keinen exakten Punkt (Brennpunkt), sondern eine längliche Einschnürung = Lichtschlauch. Sie können sich nicht in einem Punkt treffen, da eine endliche Lichtenergie auf eine unendliche kleine Fläche (= Punkt) verteilt, eine unendlich große Energie ergäbe.
Die Stärke, der Durchmesser dieses Lichtschlauchs variiert: je dünner, desto schärfer das Bild. Der Querschnitt (∅) ist ein Kreis, Bildscheibchen oder Zerstreuungskreis genannt. Zulässiger ∅ für 24 × 36 Format = $\frac{1}{30}$ mm.

Weitere Bücher aus dem vwi Verlag in einer Kurzübersicht:

Verlangen Sie unseren ausführlichen, vierfarbigen Verlags-Prospekt!

Ludwig Knülle
Canon AV-1 – Spiegelreflexkamera mit Zeitgefühl (mit Canon AT-1)
Format 12 × 17 cm, Umfang 280 Seiten
11.–20. Tausend
ISBN 3-88369-056-2
DM 22,90

Ludwig Knülle
Canon AE-1
Spiegelreflexkamera der Superlative
Format 12 × 17 cm, Umfang 288 Seiten
86.–100. Tausend
ISBN 3-88369-091-0
DM 22,90

Ludwig Knülle
Canon AE-1 PROGRAM –
Die universelle Super AE-1
Format 12 × 17 cm, Umfang 320 Seiten
14.–25. Tausend
ISBN 3-88369-038-4
DM 22,90

Ludwig Knülle
Canon A-1 –
Die neue Dimension der Kameratechnik
Format 12 × 17 cm, Umfang 384 Seiten
91.–105. Tausend
ISBN 3-88369-142-9
DM 22,90

Günter Richter
Canon AL-1 –
Die Spiegelreflexkamera mit Quick Focus
NEU
Format 12 × 17 cm, Umfang 240 Seiten
1.–15. Tausend
ISBN 3-88369-043-0
DM 22,90

Günter Richter
Canon F-1 NEU –
Der Profi unter den Reflexkameras
NEU
Format 12 × 17 cm, Umfang 320 Seiten
1.–10. Tausend
ISBN 3-88369-013-9
DM 26,90

Günter Richter
Canon FD-Objektive in der Praxis
Format 20 × 25 cm, Umfang 156 Seiten
11.–20. Tausend.
ISBN 3-88369-137-2
DM 36,90

Günter Richter
Der Weg zu besseren Bildern
Format 14,8 × 21 cm, Umfang 132 Seiten
21.–30. Tausend
ISBN 3-88369-136-4
DM 19,90

Günter Richter
Canon AF 35 M –
Spielend vollautomatisch fotografieren
Format 12 × 17 cm, Umfang 128 Seiten
1.–20. Tausend
ISBN 3-88369-101-1
DM 16,90

Günter Richter – Anselm Spring
Der Weg zur kreativen Fotografie
Effekte – Stimmungen – Experimente
Format 14,8 × 21 cm, Umfang 144 Seiten
1.–10. Tausend
ISBN 3-88369-125-9
DM 24,90

Joachim Giebelhausen
Fotografie mit Filtern und Effektvorsätzen
Heliopan-Filterbuch
NEU
Format 20 × 25 cm, Umfang 128 Seiten
1.–10. Tausend
ISBN 3-88369-023-6
DM 29,90

Erfolgreich fotografieren – Band 1
Format 20 × 25 cm, Umfang 224 Seiten
31.–40. Tausend
ISBN 3-88369-003-1
DM 36,90

Erfolgreich fotografieren – Band 2
Format 20 × 25 cm, Umfang 224 Seiten
21.–30. Tausend
ISBN 3-88369-008-2
DM 36,90

Erfolgreich fotografieren – Band 3
NEU
Format 20 × 25 cm, Umfang 224 Seiten
1.–20. Tausend
ISBN 3-88369-018-X
DM 36,90

Sprache in Bildern – Bildband eines internationalen Wettbewerbs
Format 20 × 25 cm, Umfang 256 Seiten
1.–10. Tausend
ISBN 3-88369-081-3
DM 48,—

Alfons Scholz
Lichtbilder mit dem IMAGON
Format 20 × 25 cm, Umfang 100 Seiten
1.–3. Tausend
ISBN 3-88369-130-5
DM 27,90

Erhältlich im Foto- und Buchhandel. Preise Stand 1. 6. 1982. Preisänderung vorbehalten.

Weitere Bücher aus dem vwi Verlag in einer Kurzübersicht:

Verlangen Sie unseren ausführlichen, vierfarbigen Verlags-Prospekt!

James E. Cornwall
Historische Kameras 1845–1970.
Ein Handbuch für Sammler
Format 20 × 25 cm, Umfang 264 Seiten
1.–5. Tausend
ISBN 3-88369-115-1 **DM 69,—**

James E. Cornwall
Die Frühzeit der Photographie in Deutschland 1839 –1869
Format 20 × 25 cm, Umfang 164 Seiten
1.–5. Tausend
ISBN 3-88369-120-8 **DM 49,90**

James E. Cornwall – Nicola Perscheid
In vornehmen Kreisen
Format 20 × 25 cm, Umfang 80 Seiten
1.–3. Tausend
ISBN 3-88369-001-5 **DM 39,90**

Wolfgang Engelhardt
Fotografie im Weltraum – Band 1
Von der Erde zum Mond
Format 20 × 25 cm, Umfang 216 Seiten
1.–5. Tausend
ISBN 3-88369-011-2 **DM 49,90**

Wolfgang Engelhardt
Fotografie im Weltraum – Band 2
Bildlexikon des Planetensystems
Format 20 × 25 cm, Umfang ca. 300 Seiten
1.–5. Tausend
ISBN 3-88369-028-7 in Vorbereitung

Wolfgang Knapp
Hermann-Michael Hahn
Astrofotografie als Hobby
Format 20 × 25 cm, Umfang 144 Seiten
1.–10. Tausend
ISBN 3-88369-016-3 **DM 46,90**

Dieter Müller
Sie können filmen – Fünfzehn Dutzend handfeste Tips für Filmer
Format 14,8 × 21 cm, Umfang 108 Seiten
11.–20. Tausend
ISBN 3-88369-061-9 **DM 19,90**

Klaus Unbehaun
Filmen mit Canon – Super 8 und 16 mm in der Praxis
Format 12 × 17 cm, Umfang 208 Seiten
11.–20. Tausend
ISBN 3-88369-100-3 **DM 19,90**

Joachim Giebelhausen
Trickfilm in Theorie und Praxis
Format 20 × 25 cm, Umfang 152 Seiten
1.–10. Tausend
ISBN 3-88369-076-7 **DM 34,90**

NEU

Walter Werner
Filmton mit dem Tonbandgerät – aus der Praxis für die Praxis
Format 12 × 17 cm, Umfang 128 Seiten
1.–5. Tausend
ISBN 3-88369-037-6 **DM 16,90**

Alfons Scholz
Einführung in die Hobby-Laborpraxis
(Selbstvergrößern im Hobby-Labor Band 1)
Format 14,8 × 21 cm, Umfang 148 Seiten
1.–10. Tausend
ISBN 3-88369-021-X **DM 26,90**

Ideen für kreative Bildgestaltungen
(Selbstvergrößern im Hobby-Labor Band 2)
Format 14,8 × 21 cm, Umfang 292 Seiten
21.–30. Tausend
ISBN 3-88369-031-7 **DM 29,90**

Jost J. Marchesi
Die Ilford Negativtechnik
Format 14,8 × 21 cm, Umfang 192 Seiten
2. Auflage
ISBN 3-88369-071-6 **DM 27,90**

Jost J. Marchesi
Die Ilford Positivtechnik
Format 14,8 × 21 cm, Umfang 200 Seiten
34.–38. Tausend
ISBN 3-88369-066-X **DM 27,90**

Jost J. Marchesi
Die Ilford Positivtechnik (Fortsetzungsband)
Format 14,8 × 21 cm, Umfang 112 Seiten
1.–3. Tausend
ISBN 3-88369-119-9 **DM 22,90**

Erhältlich im Foto- und Buchhandel. Preise Stand 1. 6. 1982. Preisänderung vorbehalten.